하늘나라에 계시는 어머니 아버지,
그리고
곁을 지켜주는 아내 유반순에게
이 책을 바칩니다.

수탉이여 영원하라

신태범 소설집

작가의 말

부끄럽다.

오늘에 이르도록 선후배와 동료들의 저서를 노상 받기만 하고 한 번도 갚지 못해 송구하고 민망했다. 내 빈한한 서가 하나를 채운 그 귀한 노작들을 볼 때마다 무거운 부채의 무게가 가슴을 눌러오곤 했다.
 오랜 망설임 끝에 펴내게 된 이 소설집으로 쌓인 빚을 조금이라도 갚을 수 있을까 모르겠다.

준비도 사명감도 없이 21살에 문단에 덜컥 얼굴을 내비쳤다가 '밥'을 핑계로 쓰다 말다 하면서 뻔뻔하게 잘도 '소설가'로 행세해왔다. 영혼이 담긴, 뜨겁게 가슴 울리는 소설을 쓰기 위해 전 생애를 거는 진짜 소설가들에게 용서를 구한다.

소설은 아무나 쓸 수 있지만 좋은 소설은 아무나 쓰지 못한다. 출판의 대중화 시대, 출판의 홍수 시대에, 더러 주변의 권유도 못 들은 척 내가 소설집을 낼 엄두를 내지 못한 이유다. 나는 진짜 소설가의 길을 선택하기엔 선 자리가 너무 황폐했고, 용기도 없었다. 재주도 모자랐다. 밥줄에 목이 묶여 겨우 문학판 언저리에나 기웃거리며 잡다한 일로 좌충우돌 마구잡이로 살았다. 문득 돌아보니 해만 서쪽으로 기울어 있었다.

이번 소설집은 내 손으로 내 유고집을 만든다는 생각으로 정리한 작품 가운데 2010년 이후 발표한 것들이다. 2022년에 막내아우 김성배에게 출간을 맡기려 했으나 그가 돌연 뇌수술을 받았다. 회복을 기다리며 두 해를 넘겼다. 그는 지난해 7월에 또 암 수술을 받았고, 연말에 출판업을 접었다. 그도 나도 서로 미안해하고 서운해하며 없었던 일이 되었다. 어쨌거나 곡절을 겪은 끝에 맏형의 첫 책이 나왔으니, 그도 손뼉 쳐주리라 믿는다. 아우야, 어서 일어나라!

나머지 묵은 작품들과, 새로 쓴 중·장편 등도 내친김에 이어서 출간할 계획이다. 노욕이 아닐까 하면서도, 내 이름 앞이나 끝에 달아준 '소설가'라는 과분한 호칭에 늦게나마 작은 예의를 다하는 마음으로 용기를 냈다. 응원해 주시기를 바란다.

지역 문단의 한 귀퉁이에서 후한 대접 받으며 여기까지 온 것은 많은 분들이 품어주시고 손잡아 주셨기 때문이었다. 그 행운에 날마다 감사하고 고마워하며 지내고 있다.

소설집 발간에 정성을 다해주신 '전망' 서정원 시인에게 깊은 감사의 인사를 드린다.

2025년 2월
신태범

차례

작가의 말　004

꿈꾸는 겨울밤　009
바보 김 씨의 사랑　039
수탉이여 영원하라　071
모자란 여사의 황혼시대　109
밤마다 울음소리　143
불량 손녀　179
다시 만나게 된다면　211

꿈꾸는 겨울밤

현준은 술집 문을 여닫고 바깥으로 나섰다. 싸늘한 바람이 사정없이 뺨을 후려쳤다. 한기가 훅 끼쳐왔다. 걸음이 약간 휘청거렸다. 과음한 탓인가. 그는 가벼운 술기운을 느끼며 잡동사니를 넣는 작은 손가방을 겨드랑이에 바싹 꼈다. 몸을 움츠렸다.

보도로 나선 현준이 두어 발걸이나 옮겼을 때였다. 누군가 뒤에서 사정없이 그의 다리를 걸며 등을 떠밀었다. 그는 짧은 비명을 물며 앞으로 고꾸라졌다. 겨드랑이를 벗어난 손가방이 저만큼 길바닥으로 튕겨 나갔다. 웬 놈이 나타나 손가방을 재빨리 낚아채 도망치고 있었다. 퍽치기였다!

현준은 정신이 번쩍 들었다. 오늘 받은 봉급이 봉투째로 담긴 가방이었다. 이런 개새끼! 그는 튕기듯 일어났다. 술기운이 확 달아났다. 눈에 불을 켰다. 그는 입을 사려물며 놈의 뒤를 맹렬하게 추격하기 시작했다. 달리기라면 자신이 있었다.

도망치던 놈도 현준의 추격을 눈치챘다. 놈은 일순 고개를 돌렸다가 더욱 사생결단 내달렸다. 좌우로 상가가 늘어선 2차선 이면도로는 놈이 섣불리 피해 도망갈 골목을 찾기가 어려운 길이었다.

두 사람의 간격이 급격히 좁혀지기 시작했다. 놈은 다시 흘낏 뒤돌아보았다. 놈은 위기감을 느낀 모양이었다. 얼마 못 가서 놈은 현준의 손가방을 길바닥으로 내동댕이치며 두 손을 번쩍 쳐들어 보였다. 항보옥-! 포기도 빠른 놈이었다.

현준은 가방부터 챙겨 들었다. 오히려 오기가 치솟았다. 그는 계속 도망치고 있는 놈의 뒤를 끈질기게 뒤따랐다. 사이는 금세 좁혀졌다. 어지간히 지치는지 놈의 헐떡거리는 숨소리가 현준의 귀에까지 들려왔다.

놈이 달리던 걸음을 세우며 갑자기 휙 돌아섰다. 현준도 반사적으로 걸음을 멈추었다. 불시에 일격을 당할 수도 있었다. 놈은 어깨가 들썩거릴 정도로 가파르게 숨을 몰아쉬고 있었다. 찬 공기에 허연 입김을 독기처럼 뿜어냈다.

두 사람은 서로를 노려보며 잠시 호흡을 가누었다. 놈이 갑자기 몸을 부르르 떨며 울부짖듯 소리쳤다.

"아이 씨팔! 가방 돌려줬으면 됐잖아, 왜 자꾸 따라오고 지랄이야!"

"……."

앳된 목소리였다. 변성기도 거치지 않은 어린놈인 듯했다. 현준은 바짝 긴장했다. 물불 가리지 않는 어린놈이 더 위험할 수도 있었다. 현준은 놈을 붙잡아 어떻게 하겠다는 계산은 없었지만 내친걸음이었다. 그는 놈의 앞으로 조심스럽게 한 발 더 다가섰다. 흉기만 휘두르지 않는 한, 그는 일대일의 싸움이라면 어지간한 상대에도 자신이 있었다.

"이 씨방새야, 더 달려 보지 그래, 날씨도 추운데."

"아아, 존나 재수 없네…"

놈은 기가 찬 모양이었다. 머리를 좌우로 절레절레 흔들며 아예 두 팔을 맥없이 내려뜨렸다.

"그래애 씨팔, 나 여기 꼼짝 않고 서 있을 테니까 잡아서 씹어 먹든지 고아 먹든지 꼴리는 대로 하세요."

놈은 정말 제자리에서 몸을 축 늘어뜨리고 말았다. 자포자기였다. 현준은 놈의 앞으로 바짝 다가섰다. 놈은 그보다 키가 3~4센티는 작아 보였다. 짧게 깎은 스포츠형 머리였다. 얼굴의 윤곽이 확실하게 드러났다. 현준의 목소리가 자신도 모르게 높아졌다.

"이 짜식 너, 중딩이지?"

"그게 어때서요?"

고개를 숙였던 놈이 고개를 번쩍 추켜들었다. 어린 티가 줄줄 흘렀다. 전혀 저항하려는 기색은 없어 보였다. 흉기도 가지고 있는 것 같지 않았다. 문득 동생 기준이 생각이 났다. 딱 그 또래일 때 죽었다.

"이 자씩이 큰 소리는? 대가리 피도 안 마른 놈이 어디서 퍽치기야."

현준은 놈의 머리통에 꿀밤을 서너 대 먹였다. 기준의 얼굴이 다시 눈앞에 맴돌았다. 깊숙이 새겨진 가슴의 칼자국 하나가 따갑게 쓰라려 왔다. 꿀밤에도 말없이 고개만 숙이고 있던 놈이 문득 그를 올려보았다.

"날 이제 어쩔 건데요?"

현준은 풀썩 웃고 말았다. 이상하게 그렇게 맥없는 웃음이 비어져 나왔다.

"어떻게 해주면 좋겠냐?"

"꼴리는 대로 하시라니까요."

"이 싸끄가 정말…"

"죽이기밖에 더 하겠어요? 치안센터에 넘기시든지. 그런데 그전에 저녁밥 한 그릇 사주시면 안 돼요? 오늘 종일 굶었거든요. 힘이 빠져 더 토낄 수도 없었다구요."

현준은 다시 풀썩 웃고 말았다.

"말까는 주둥이는 싱싱해가지고, 굶지 않았으면 그냥 토낄 수 있었다 이거야?"

놈이 뒤통수를 한 손으로 긁적거리며 우물거렸다.

"그럼 펀치기 할 생각을 안했겠네요."

"이거, 견적이 안 나오는 놈이네."

현준은 다시 놈의 머리통에 꿀밤을 서너 대 먹였다. 거친 바람이 한 떼 그들의 등을 후려쳤다. 도망치고 뒤쫓느라 한동안 잊고 있었던 추위가 온몸으로 바늘처럼 쑤시며 들어왔다.

현준은 놈의 멱살을 잡아끌고 조금 전에 나온 선술집으로 다시 들어섰다. 어리둥절해하는 주인아주머니에게 어묵과 소주를 주문했다. 라면 두 개와 달걀 두 개를 한꺼번에 끓이는 곱빼기 라면도 부탁했다. 그가 가끔 저녁밥 대신 주문해 먹었던 단골 메뉴였다.

현준은 소주와 함께 먼저 나온 어묵을 놈의 앞으로 밀어주었다.

"어서 먹어! 네 말대로 배부터 채워야지. 더욱이 치안센터에서 내일 아침 병아리 차에 실려 즉결에 넘어갈 때까지 버티려면 많이 먹어둬야 할 걸."

"……."

놈은 아주 잠깐 현준의 눈치를 살폈다. 그러나 이내 허겁지겁 어묵을 입안으로 쑤셔 넣기 시작했다. 얼마나 허기가 졌던지 현준의 시선조차 의식하지 않았다. 현준은 다소 어이가 없었다. 그는 천천히 소주병을 따고 자기 앞의 잔을 채웠다. 놈은 어묵과 국물을 바닥이 드러나도록 순식간에 해치웠다. 소주 석 잔을 연거푸 마시면서 놈을 지켜보던 현준이 물었다.

"소주 한 잔 꺾을래?"

"주시면요."

놈은 입술 꼬리로 흘러내리는 국물을 쓰윽 닦아내며 천연덕스럽게 말했다. 현준은 그럴 줄 알았다는 표정으로 놈 앞에 빈 잔을 가져다 놓고 술을 채웠다. 놈은 머뭇거리지도 않고 목을 축이듯 단숨에 들이켰다.

"한 잔 더 할래?"

"주시면요."

그렇게 두 사람이 소주 한 병을 비우는 사이에 끓인 라면이 나왔다. 놈은 라면 역시 무서운 속도로 먹어 치웠다. 머리를 처박을 듯 그릇을 채로 들고 마지막 한 방울 국물까지 깨끗하게 비웠다. 그리곤 자기의 아랫배를 쓰다듬으며 혼잣말로 중얼거렸다.

"아아, 이젠 살만하네…"

"자식이…, 그렇게 배가 고팠으면 아무 식당에나 들어가 실컷 주문해 먹고 요령껏 째던가 할 것이지."

현준은 꾸짖듯 말했지만 어쩐지 연민과 서글픔이 뒤섞이는 묘한 감정에 사로잡히고 있었다. 놈이 한술 더 떴다.

"너무 쪼잔하잖아요."

"아이쿠우 짜식, 배포 한번 컸네."

현준은 자기도 모르게 놈의 머리로 꿀밤을 먹이려다 멈추고 말았다. 대신 술잔을 꿀꺽 비웠다. 가슴이 갑자기 답답해져 왔다. 그도 꼭 그랬던 때가 있었다. 불쑥 놈에게 물었다.

"너 이름이 뭐야?"

"알아서 뭐 하시게요, 치안센터 가면 다 불 건데?"

"자식이 건방지게, 밥값은 해야지. 내가 이름도 모르는 절에다 시주하게 생겼냐고!"

현준이 다시 꿀밤을 먹일 자세를 보이자, 놈은 재빨리 양팔을 들어 머리를 방어하며 대답했다.

"유장수라고 하는데요."

"유장수? 졸병도 못될 놈 같은 데 무슨 장수까지나. 부모님은?"

"트럭 몰던 아버지는 오래전에 충돌사고로 돌아가시고요, 엄마는 구청에서 청소부로 일하고 있고요, 내 밑으로 중학교 다니는 여동생 하나 있고요. 이게 주민등록에 나오는 가족 사항 전부니까 다른 것은 더 이상 묻지 마세요."

"다른 거야 물으나 마나 뻔할 뻔 자지. 학교서 만만한 친구들이나 개창 나게 조지고, 패싸움에 사고 쳐 등교도 하지 못해, 집에도 못 들어가, 방황하는 불량 청소년 신세가 되었겠지. 수업 땡땡이 치고 골목에서 아이들 기다렸다가 가방이나 주머니 털어 삥이나 뜯고, 밤이면 여관방에서 본드에 야동이나 보면서 까이들 팬티도 벗겼겠네. 그러다가 오늘처럼 재수 없이 걸리면 감호소를 안방처럼 들락거리게 될 테고, 뭐 네 신세도 실밥이 다 터진 거나 다름이 없네, 안 그러냐?"

"……."

"왜 대답을 못하냐?"

"사람 그렇게 낮춰 보지 마세요. 나도 꿈이 있고 희망이 있단 말이에요."

"무슨 꿈, 무슨 희망? 절대로 잡히지 않는 세계적인 퍽치기나 되려고? 아니, 아까 너 도망치는 품새로는 운동도 젬병이고. 아니면 주먹이라도 좀 쓰냐, 밖에 나가서 나하고 한판 붙어볼래? 그런데 미리 말해 두지만, 난 유도 초단, 태권도 2단에 짱도 좀 해봤거든."

"에이 씨이…, 무슨 말을 못 하겠네."

현준은 녀석을 물끄러미 지켜보다가 씁쓸하게 웃었다. 두 병째 시켜 마시던 소주가 반쯤 남아있었다. 그는 자기 앞의 빈 잔을 먼저 채우고 놈의 잔에도 술을 채웠다.

바깥은 아까보다 더 추웠다. 바람은 깊은 상처를 입은 짐승처럼 낮게 울부짖으며 거리를 막무가내 질주하고 있었다. 기온이 더욱 곤두박질치는 모양이었다. 인적도 차량의 통행도 뚝 끊어져 있었다. 선술집에서 나와 현준과 나란히 걷고 있던 놈이 불쑥 물었다.

"어디로 가는데요?"

"정말 몰라서 묻는 거야. 치안센터지."

"도망치면 또 잡으러 올 건가요."

"내가 말 안 했나. 이래 봬도 왕년엔 도 대표 단거리 육상선수라고."

"어쩐지."

놈은 도망은 아예 포기했는지 그의 곁을 졸망졸망 따라 걸었다. 현준은 두 손을 바지 주머니에 깊숙이 찔러 넣었다. 거푸 들이켠 술로 취기가 슬슬 머리끝으로 거슬러 오르고 있었다. 놈이 문득 또 물었다.

"아저씨는 뭐 하는 사람인데요?"

"궁금하냐?"

"그냥요."

"방수공사 막노동꾼이다. 낡은 건물에 빗물 안 새도록 방수액과 페인트 따위 칠하는 공사 말이다."

"돈 많이 벌어요?"

"그런데 너…"

현준이 걸음을 멈추며 놈을 노려보았다. 놈도 걸음을 세웠다. 그는 손가방을 놈의 눈앞으로 들어 보이며 말했다.

"너 이 가방 안에 돈이 얼마나 들어있는지 알기나 해?"

"그걸 제가 어떻게 알아요?"

"오늘이 내 월급날이야. 월급이 봉투째로 가방 속에 들어있다고. 그러니 내가 널 안 잡고 견디겠어!"

"또 꿀밤 먹이실 거죠?"

놈이 현준 곁에서 반걸음쯤 급히 물러나며 말했다. 죄의식이라곤 전혀 느끼지 못하는 듯, 영락없는 철부지 행동이었다. 도저히 퍽치기를 한 놈이라곤 믿어지지 않았다. 현준은 또 동생 생각이 났다. 다시 걸음을 옮기며 말했다.

"꼭 너만 했을 때 죽은 동생이 있었다. 8년 전 내가 고1 때 갑작스럽게 열병으로 죽었어. 바로 오늘이 그 동생이 죽은 날이고."

"……."

"우리 형제는 엄마 아빠 없이 할머니 밑에서 자랐다. 등을 붙인 샴쌍둥이처럼 서로 의지가 되어 아끼고 좋아했지. 오늘처럼 추운 어느 날 동생이 감기로 자리에 누웠어. 열이 펄펄 끓었지만 곧 낳겠거니 하고 보름 동안 아스피린만 먹였어. 병원에 데려가고 싶어도 돈이 있었어야지. 그러다가 밤새 토하고 까무러치고 해서야 구급차를 불렀지. 병원에 갔지만 이미 시기를 놓쳤어. 그렇게 동생은 내 곁을 떠나고 말았어."

"죄송해요."

"뭐가."

"그냥요."

십여 미터 전방에 환히 불을 밝힌 치안센터 표지판이 보였다. 안에서 서너 사람들이 출입문을 밀고 바깥으로 나서고 있었다. 공연한 시비로 멱살잡이를 벌이다 연행된 일행이었을까. 서로 악수를 하고 어둠 속으로 황망히 흩어졌다. 놈이 멈칫거리며 풀죽은 소리로 말했다.

"저기, 치안센터… 다 왔는데요."

"왜 빨리 들어가고 싶으니?"

"그게 아니라, 날씨가 춥잖아요."

"생까지 말고 조용히 따라와, 치안센터는 동네마다 또 있고 또 있어."

현준이 놈의 등덜미를 주먹으로 쥐어박으며 쏘아붙였다. 창문 너머로 보이는 치안센터 안은 평온해 보였다. 워낙 추운 날씨라 평소처럼 잡다한 사고를 치고 드나드는 사람들도 없는 모양이었다.

현준은 문득 공필 아저씨에게 등을 떠밀리며 파출소 문을 나섰던 지난날 자기 모습을 떠올렸다. 그때도 한겨울, 자정 가까운 늦은 밤이었다.

파출소장에게 신병 인수증을 써주고 현준을 앞세워 바깥으로 나온 공필 아저씨는 시종 말이 없었다. 땅바닥만 쳐다보며 아저씨 앞에서 걷고 있던 현준도 입을 꾹 다문 채였다. 한참을 걷던 아저씨가 먼저 말을 건넸다.

"니 배고프재?"

"……"

"저어기 할매식당 아직 문 열어놨네. 묵을 끼 있는지 들어가

보자."

아저씨는 도로 건너편 하얗게 선팅한 유리문으로 겨우 불빛을 밝히고 있는 '할매집'을 손짓했다. 현준도 등굣길을 오가며 노상 마주쳤던 식당이었다. 유리문마다 '추어탕', '김치찌개', '된장찌개' 따위의 음식 메뉴가 빼곡하게 써 붙여져 있었다. 오래되고 낡아서 금방 기울어질 것 같은 건물이었다.

"김 사장이 이 시간에 우짠 일이고?"

공필 아저씨가 문을 밀고 먼저 들어서자 석유난로 앞에 앉아서 졸고 있던 주인 할머니가 벌떡 일어서며 반겼다. 네 개의 허름한 식탁이 놓인 정방형의 비좁은 실내는 난로 덕에 훈훈했다.

"할매 보고지바서 안 왔능교. 묵을 거 좀 있십니꺼?"

"김 사장 줄라꼬 안 남가났나. 뭐시든지 주문만 해바라."

"이래 추울 때야 뜨끈뜨끈한 기 최고지예. 추어탕으로 주이소."

"같이 온 손님도 추어탕으로 하까?"

"그라모요. 소주 한 병 먼저 주고요."

공필 아저씨를 처음 만난 것은 현준이 소년원에서 출소한 다음 날이었다. 파출소장과 함께 집으로 찾아왔었다. 그를 일 년 동안 보호 관찰 지도할 '범죄 예방 위원'이었다. 청소년의 재범 방지와 재활을 돕기 위해 법무부가 지역 유지 가운데서 위촉한 사람이었다. 같은 동네에서 페인트 대리점과 방수공사를 전문으로 하는 지역 유지였다.

현준은 일정한 기간마다 아저씨를 만나 자신의 행적을 보고해야 했다. 또한 정해진 주거 지역을 떠나거나 다른 지역에 머물러야 할 때에는 반드시 사전 허락을 받아야 했다. 규정된 의무 사항을 제대로 이행하지 않으면, 위원은 즉각 그의 재수감을 요청할 수 있었다.

현준은 그동안 두 차례 말썽을 피워 아저씨를 무척 곤혹스럽게 만들었다. 재래시장 난전에서 푸성귀를 파는 할머니에게 갔다가, 자리다툼을 벌이며 할머니에게 삿대질을 해댄 사십 대 남자를 두들겨 패 버린 것이 시작이었다.

두 번째는 길거리에서 아내에게 무차별 발길질을 하는 남자를 떼어내 말리다가, 달려드는 남자에게 반사적으로 날린 주먹이 사고를 일으켰다. 그 자리에 쓰러진 남자는 10분 만에야 겨우 의식을 회복했다. 그나마 외상이 그렇게 심각하지 않아서 다행이었다.

현준은 그때마다 파출소로 연행되었고, 그때마다 아저씨의 무마로 풀려나왔다. 그러나 현준은 조금도 고맙다거나 미안하다고 생각하지 않았다. 어쩌면 사고를 수습하려 애쓰는 아저씨의 모습을 은근히 빈정거리며 즐기고 있었는지도 몰랐다. 그 무렵 그는 세상에 대해 독기로 뻔득이는 적의와 원한의 칼을 품고 다녔다. 모두가 자신을 패대기치고 짓밟는 냉혹하고 비정한 공적으로 비쳤다. 보호소로 보내든지 감옥에 처넣든지 될 대로 되라는 자포자기의 심정이었다.

현준은 그날 낮에 다시 사고를 치고 말았다. 동네의 외진 골목을 지나다가 동급생의 주머니를 털고 있는 고등학생 다섯 명을 발견했다. 그냥 지나칠 수가 없었다. 그의 만류에 놈들은 수적 우세만 믿고 되레 먼저 주먹으로 맞서려 했다. 그는 닥치는 대로 놈들을 내치고 쓰러트려 제풀에 도망치도록 만들었다. 놈들의 부모 가운데 지역에서 나름대로 위세를 부리는 한 유지가 눈두덩이 부어오른 아들을 보고 그냥 있지 못했다. 현준은 파출소로 끌려갔고 이어 아저씨가 불려 왔다.

할머니가 가져온 소주병을 기울여 자기 앞의 빈 잔을 채운 아저씨가 문득 고개를 들어 무덤덤하게 마주 앉은 현준을 지켜보며 물었다.

"소주 한잔 할래?"

"주시면요."

현준은 대답했다. 아저씨는 말없이 빈 잔을 찾아 현준 앞에 놓고 소주병을 기울여 가득 부었다. 그리고 자기 앞의 술잔을 들어 단숨에 들이켰다. 현준이 차마 마시지 못하고 머뭇거리고 있자 아저씨가 소주병을 달랑 들며 말했다.

"빨리 마시고 한 잔 더 해. 너 소주 두 병쯤은 하재?"

"있으면요."

"깡 소주 몸 베린다. 젊어서는 모르지만 나이 들면 다 표티 나게 돼."

아저씨와 현준이 소주병을 비우는 사이 추어탕이 나왔다. 그들은 추어탕을 먹으면서 소주 한 병을 더 비웠다. 바깥으로 나선 아저씨는 약간 걸음을 휘청거렸다. 현준이 자기도 모르게 아저씨를 부축하려 했다. 아저씨는 술기가 꽤 차오르는지 아예 현준의 어깨 위로 팔을 척 둘러 감았다. 어깨동무가 되었다.

"야아, 현준이 니 어깨 무지하게 넓구나. 힘깨나 쓰겠네."

"아저씨 어깨가 더 넓어 보이는데요."

그 말은 진심이었다. 페인트 대리점은 아주머니에게 맡기고, 네댓 명 종업원을 이끌고 방수공사장을 다닌다는 아저씨는, 큰 키에 보기에도 튼튼한 체구를 가지고 있었다. 여름 셔츠의 짧은 소매 아래로 드러난 구리빛 굵은 팔뚝에는 핏줄이 입체 문신처럼 돋아나 있었다. 그것은 나무껍질 같은 투박한 손과 함께 험한 공사판에서 힘겹게 다져진 훈장처럼 보였다. 아저씨가 어깨를 감은 팔에 힘을 주며 말했다.

"니만큼은 아이라도 나도 예전에는 한가락 했능기라. 다 지난 일이재. 내 고향이 진준데 세 살 때 엄마 아부지 사고로 한참에 돌아가시고 큰아부지 집에서 살았다 아이가. 중학교 졸업하던 해에 부산으로 도망쳐 나와 부산진역 부근에서 구두닦이부터 했다아. 왕초들한테 존나게 터지고 맞고 하는 사이에 나도 깡패가 된기라. 하하하, 재미없는 얘기재."

"재미있는데요."

"짜슥이 재미없으면서 비위 맞추기는… 그래도 재미있다고 하이까 기분은 좋네. 그라다가 우째 운 좋게 페인트 도매상 하는 지금 내 마누라 아부지를 만난기라. 상점에서 배달 심부름을 하면서 야간 고등학교도 마치고 결국 그 집 셋째 딸과 결혼까지 안했나. 장인을 못 만났시모 내 팔자가 지금 우찌 되었을지 알 수가 없재. 그래서 사람은 우짜든지 사람을 잘 만나야 되는 기라."

현준의 어깨에 매달리다시피 하며 집 앞에 도착한 아저씨는 돌아서려는 그를 붙들었다. 아저씨는 작정한 듯 게슴츠레 감기는 눈을 부릅뜨며 말했다.

"일마, 이번으로 니 세 번째 사고 친 거 알고 있재. 이거로 마지막이다. 앞으로는 국물도 없데이. 바로 경찰서에 보고해 보내뿔기다. 그라이 우짜든지 마음 고치 묵고 니때문에 고생하는 불쌍한 너그 할무이 속 대강 썩히라."

"……."

현준이 말없이 듣고만 있자, 아저씨는 또 갑자기 그를 와락 껴안으며 말을 이었다.

"그런 의미에서 오늘은 우리 집에서 내하고 같이 자고 가는 기라. 소주도 한 병 더 까고 말이재. 이기 잘난 범제예방이원(범죄예방위원)으로서 내가 니한테 마지막으로 해줄 수 있는 전분 기라."

결국 현준은 그날 밤 아저씨 곁에서 잠을 자야 했다. 아저씨는 막무가내로 현준을 대문 안으로 밀어 넣었다. 현준은 왠지 뿌리칠 수가 없었다. 잠자리에 들기 전 아저씨는 정말로 잠든 아내를 깨워 술상을 보아오게 했다. 두 사람은 소주 한 병을 더 비웠다. 현준은 괜한 잡념에 쫓기며 뜬눈으로 밤을 새워야 했다.

가출한 엄마에 이어 아버지마저 간암으로 죽고 나자, 남은 현준 형제의 부양은 오롯이 할머니 몫이었다. 칠순이 넘은 할머니는 동네 인근의 재래시장 난전에서 푸성귀를 팔아 두 손자의 뒷바라지를 했다. 끼니를 겨우 이어가는, 가혹하고 피폐한 가난의 연속이었다.

현준은 어려서부터 거칠고 난폭했다. 깊게 파인 마음의 상처와 숨 막히는 결핍이 만든 본능적인 자기 무장이었다. 그는 이웃에서도 학교에서도 소문난 사고뭉치였다. 친구들 사이에서는 이른바 왕짱이었다.

현준은 유달리 운동신경이 뛰어났다. 초등학교 때는 육상선수로 선생님들의 주목을 받았다. 전국 소년체전의 도 대표선수로 발탁되기까지 했다. 중학생이 되어서는 지도 선생의 눈에 띄어 유도부에 들어갔다. 2년 만에 고단자가 되어 체전 대표선수 선발 대회에 참가하게 되었다. 그러나 그는 경기 이틀을 앞두고 덜컥 코피를 쏟고 쓰러졌다. 영양실조 때문이었다.

중학교 3학년이 되자 인근에서 주먹으로 이름을 날리는 선배들의 유혹이 끈질기게 따라붙었다. 동네 태권도 도장에 다니기 시작한 것도 순전히 선배 사범의 권유 때문이었다. 고등학교 입학 무렵에는 보조 사범으로 가끔 용돈도 얻어 쓸 만한 기량이 되었다.

현준은 동생을 열병으로 잃고 나면서부터 맹수로 변했다. 그와 세 살 터울인 동생은 유순하고 얌전했다. 학교에서도 전형적인 모범생이었다. 성적도 우수한 편이었다. 현준은 자기와는 성격도 기질도 판이한 그런 동생을 자랑스럽고 대견하게 생각했다. 동생을 위해서 자기가 할 수 있는 일이라면 물불 가리지 않았다. 동생 역시 형 현준을 잘 따라주었다. 그가 가끔 말썽을 일으켜도 동생은 언제나 그의 편이 되어 위로하고 격려해 주었다.

고등학교 2학년 때 현준은 대형 패싸움에 얽혀 처음으로 경찰서로 연행되었다. 두서너 번 용돈을 얻어 쓴 유흥가의 주먹 선배들 요청을 뿌리치지 못한 게 화근이었다. 그는 청소년보호소에서 1년을 보내고 나왔으나, 1년간 감호조치를 더 받아야 했다.

현준이 공필 아저씨의 집에서 하룻밤을 보낸 일이 있은 지 서너 달이 지난 이른 봄이었다. 할머니가 어이없이 불시에 돌아가셨다. 난전에 채소 다발을 늘어놓다가 그 자리에서 모로 쓰러진 채 의식을 잃어버렸다. 이웃에서 황급히 구급차를 불러 병원으로 모셔갔으나 이미 심장이 멎은 후였다. 급성 심근경색이었다.

공필 아저씨가 달려와 할머니의 장례를 처음부터 끝까지 보살피고 치러 주었다. 현준은 그때 처음으로 아저씨의 도움에 진심으로 감사했다. 그는 할머니의 장례를 마치자 바로 군에 자원입대했다. 무엇인가 탈출구를 찾아야 했고, 입대는 그가 택할 수 있는 가장 쉽고 빠른 길이었다.

군복무를 끝내고 제대를 했으나 현준은 딱히 찾아갈 곳이 없었다. 광포했던 지난날로 다시 돌아가고 싶지는 않았다. 가장 먼저 떠오른 사람이 공필 아저씨뿐이었다. 아저씨는 현준의 어깨를 따뜻하게 감싸쥐면서 말했다.

"이렇게 안 이자뿌고 찾아조서 고맙네. 특별히 계획하고 있는 일 없으모 당분간 내하고 같이 공사판에나 댕기보자. 마침 인부 한 사람이 더 필요하거등. 냄새가 지독하고 힘은 들지만, 뭐 세상 일에 공짜가 어디 있겠노."

그렇게 해서 현준이 방수공사 막노동판에 몸을 맡긴 지가 벌써 3년이었다.

현준은 놈을 앞세우고 도로에서 벗어난 몇 개의 골목을 지났다. 그는 한 낡은 이층집 철제 대문 앞에서 걸음을 세웠다. 주변엔 겉모습이 어슷비슷하고 고만고만한 이층집들이 다닥다닥 이어서 들어서 있었다. 놈이 현준의 얼굴을 빤히 올려다보며 말했다.

"여기가 어딘데요?"

"내가 사는 집."

"치안센터는 안 가는 거예요?"

"미운 놈 떡 하나 더 준다고 하잖아. 저녁밥 먹였으니 잠도 재워서 내일 아침에나 보내려고."

현준은 바지 주머니에서 열쇠를 꺼내 대문에 딸린 작은 출입문을 땄다. 그는 놈의 등을 떠밀며 목소리를 죽였다.
"주인집 사람들 깨지 않게 조용히 하라고."
 담벼락 아래로 작은 화단이 딸린 좁다란 마당이 나타났다. 향나무 두 그루가 발돋움하듯 담벼락 넘어 골목으로 고개를 내밀고 있었다. 아래층 주인집 사람들은 잠든 지 오랜 모양이었다. 불이 꺼진 집안은 어둡고 무거운 정적만이 가득했다. 현준의 방은 이층이었다. 대문 바로 앞쪽에 이층으로 오르는 계단이 따로 만들어져 있었다.
 현준이 발소리를 죽이며 먼저 올라갔다. 놈도 그의 뒤를 따라 조심스럽게 올라왔다. 이층에는 출입문이 다른 두 개의 방이 나란히 붙어 있었다. 집주인이 혼자 사는 사람들에게 월세를 놓기 위해 원룸처럼 개조해 만든 방이었다. 현준은 자기 방의 현관문을 열고 들어가 불을 밝혔다.
"뭐 하고 있어, 빨리 들어와."
 문밖에서 뻘줌히 서서 머뭇거리는 놈에게 현준이 다그쳤다. 그제야 놈은 몸을 웅크리듯 들어섰다. 현준이 방문을 열었다. 놈은 현준의 어깨 너머로 잠시 눈이 부신 듯 콧등을 찡그리며 방안을 푸르르 살폈다.

맞은편 벽으로 비닐 간이옷장, 그 옆에 낡은 앉은뱅이 책상 하나가 놓여 있었다. 특이한 건 책상 뒤 천정 높이의 책꽂이를 가득 메운 책들이었다. 왼편에는 간이 싱크대, 개수대엔 빈 컵라면 그릇 몇 개가 포개져 있었다. 싱크대 옆으로 군데군데 칠이 벗겨진 낡은 냉장고가 마치 불청객처럼 덩그러니 자리 잡고 있었다.

"여기가 내 둥지야. 어때, 근사하지?"

현준은 선 채로 손가방을 책상 위로 휙 던졌다. 벽에 부착된 보일러 조절기 버튼을 돌리고, 윗도리를 벗어 벽의 붙박이 옷걸이에 걸었다. 놈은 멈칫거리고 서서 어리벙벙한 표정으로 사방을 곁눈질하고 있었다. 그는 놈의 어깨를 눌러 주저앉히며 방바닥을 탁탁 쳤다.

"보일러 켰으니까 금방 뜨거워질 거야. 편하게 앉아."

현준은 냉장고를 열었다. 냉장고 안은 거의 텅 비어 있었다. 다만 맨 아래 칸 선반에는 소주병이 가득 채워져 있었다. 그는 두 병을 꺼냈다. 싱크대 위의 수납장을 뒤적거려 오징어포 봉지와 빈 컵 두 개를 찾아냈다. 방바닥에 신문지를 깔고 술상을 차렸다. 놈이 어눌한 목소리로 말했다.

"또 술 마시게요?"

"내일은 일요일이고, 오늘은 또 내 동생 기일이고…"

현준은 책상 위에서 도화지 반 장 크기의 사진틀을 내려 술병 옆에 놓았다. 할머니 한 분을 가운데 두고 교복을 입은 현준과 그의 아우로 보이는 남자아이 하나가 좌우에 서서 찍은 사진이 들어 있었다.

"내가 중학교 졸업식 날에 찍은 유일한 가족사진이야."

"가운데 분이 할머니세요?"

"그래, 어머니이기도 아버지이기도 했지."

현준은 사진 속 왼편에 있는 학생을 가르치며 말했다.

"이 녀석이 죽은 다음, 내가 사고를 쳐 감방에서 별 하나 달고 나온 후 1년 만에 할머니도 갑자기 돌아가셨지."

현준은 이빨로 소주병 마개를 땄다. 빈 잔을 채우고 잠시 사진을 뚫어지게 바라보았다. 시선을 돌린 그는 술잔을 들어 놈에게도 마시라는 눈짓을 했다.

"하지만 할머니와 동생은 내 맘속에 늘 같이 사는, 내가 사는 힘이야."

방바닥이 조금씩 달아오르기 시작했다. 놈은 아까부터 현준의 어깨너머로 책꽂이를 가득 채우고 있는 책들을 의아한 눈으로 훑어보고 있었다. 아무래도 그 방에는 어울리지 않는 낯선 물건

같다는 느낌인 모양이었다.

"저 책꽂이 책들 다 아저씨 건가요?"

"내 방에 있으니까 내 꺼지, 누구 거겠어?"

"아저씨가 저거 다 읽었어요?"

"아니, 첫 장 넘기다가 골치 아파 덮은 것도 있고, 반쯤 읽다가 그만둔 것도 있어. 그래도 대충은 억지라도 읽으려고 애썼지. 그게 왜 궁금한데…"

"노가다 하면서 언제 읽나 해서요."

"노가다니까 읽으려는 거야. 꿈을 꾸기 위해서."

"……"

"책을 읽으면서 책 속에서 내가 꿈꾸는 세상을 찾아보고 싶어서야. 때로는 잘못된 세상을 확 뒤엎고 바로 세우는 꿈도 꾸면서 말이야. 나처럼 꿈꾸는 사람들이 자꾸 늘어나면, 꿈이 제대로 이루어지는 날도 오지 않겠나 하는, 그런 헛된 꿈도 꾸면서. 옛날 월드컵 때처럼 거리마다 와글와글 뛰쳐나오면서 말이지…"

"……"

"야야, 재미없는 얘기 그만하고 술이나 마시자."

현준은 고개를 흔들며 두 사람 앞의 빈 잔을 채우려 했다. 놈이 의외로 두 손으로 병을 밀어냈다.

"전 이제 됐는데요. 더 마시면 토할 것 같아요."

"그래애, 그럼 너는 먼저 씻고 와서 자도 돼. 화장실이 좀 좁기는 해도 홀딱 벗고 간단히 샤워도 할 수 있어."

"정말 먼저 자도 돼요?"

"그래 임마, 거울 앞 칫솔통에 새 칫솔도 있을 거야. 그것도 쓰고. 참, 수건걸이의 노란 타월은 발, 흰 타월은 얼굴 전용이야."

놈은 매우 피로한 모양이었다. 부스럭거리며 일어나더니 입을 크기대로 벌리고 하품을 쏟아냈다. 그제야 웬만큼 긴장이 풀리는 모양이었다. 현준은 놈이 화장실로 들어가는 뒷모습에서 또 동생 기준을 생각했다. 화장실의 닫힌 문 너머로 놈이 수도꼭지를 틀고 물 받는 소리, 이어 칫솔질 하는 소리가 간간히 들려왔다. 현준은 다시 혼자서 술잔을 비우고 채우기 시작했다. 이따금 사진틀 속의 동생과 할머니를 번갈아 쳐다보았다.

어느새 현준은 제 자리에서 모로 쓰러지며 거짓말처럼 코를 골기 시작했다.

현준은 이어 울리는 핸드폰 벨소리에 겨우 눈을 부릅떴다. 창문으로 쏟아지는 햇살에 잠시 눈을 껌벅거렸다. 목이 탔다. 골이 쑤시고 아팠다. 과음 탓이었다. 핸드폰 벨소리가 계속 울리고 있었다. 그는 누운 채 머리맡을 더듬어 핸드폰을 찾아 쥐었다. 바싹 메마르고 쉰 목소리를 겨우 내질렀다.

"여보세요!"

그의 목소리가 끝나기도 전에 저쪽에서 째지는 소리가 다급하게 울려왔다.

"김현준 씨 전화 맞습니까!"

"그런데요."

"여기 시립의료원입니다."

"시립의료원이요?"

현준은 몽롱한 머리를 흔들었다. 저쪽의 음성이 이어졌다.

"조금 전 자동차 충돌사고로 이곳 응급실로 실려 온 어린 학생의 손가방 속에서 김현준 씨의 전화번호와 이름이 적힌 수첩이 나와 전화했습니다."

현준은 정신이 번쩍 들었다. 이부자리를 걷어차고 몸을 일으켰다. 방안을 휘둘러보았다. 비로소 어젯밤 일이 떠올랐다. 퍽치기 놈을 잡아 저녁밥을 먹이고 집까지 끌고 왔던 행적이 초고속 영상으로 흘렀다. 그런데 놈이 흔적도 없이 사라졌다! 그의 시선이 책상 위로 달려갔다. 그곳에 있어야 할 손가방이 없어졌다!

이런 개새끼…

현준은 몸이 후끈 달아올랐다. 배신감에 더하여 숙취의 기운이 머리끝을 뜨겁게 태웠다. 그는 핸드폰에 대고 고함을 내질렀다.

"그… 그놈이 내 동생 놈 맞아요. 아아, 씨팔! 거기가 어디라고 했습니까?"

"시립의료원이라고 했잖아요. 중상으로 의식을 잃은 상태니까 빨리 병원으로 오십시오."

전화는 그것으로 끝이었다. 현준은 뭐라고 계속 소리 지르고 싶은 마음에 목이 타올랐다. '꼴리는 대로 하시라니까요.' 어리고 당돌한 놈의 얼굴이 눈앞으로 확 다가왔다. 그는 튕기듯 자리를 박차고 일어나며 마음속으로 소리치고 있었다.

"죽으면 안 돼…"

바보 김 씨의 사랑

김막동 씨는 올해 서른아홉 살 노총각이다.

그는 행복동 산 10번지에 살고 있다.

행복동의 다른 주민들은 그곳을 모두 '멧동네'라고 부른다. '묘지' 혹은 '묘'의 부산 및 서부 경남의 사투리 '메'에 '동네'가 붙여진 이름이다. 오래전 행복동의 대대적인 도시 정비 사업과 함께 없어진 공동묘지 터였기 때문이다.

그곳엔 아직도 봉분의 흔적이 남은 폐묘들이 여기저기 흩어져 있다. 그 사이 공터를 간신히 비집고 들어선 스무 네댓 가구의 판잣집들이 자그만 산동네를 이루고 있다. 도시 정비 사업에 밀려 쫓겨나긴 했으나 미처 발붙일 곳을 찾지 못한 이주민들이 죽은 자들 곁에 새로운 삶의 둥지를 틀고 살았다.

김막동 씨의 부모도 그런 이주민 가운데 한 가구였다. 그의 아버지는 공사판을 떠도는 막노동꾼이었다. 어머니는 노무자 식당에서 일하다 아버지와 눈이 맞아 살림을 차렸다. 첫 결혼이나 동거는 아니었던 모양이나, 다른 사연은 알 길이 없었다. 다만 두 분 모두 일찍이 산간벽지인 고향에서 야반도주해 왔다는 얘기만 얼핏 전할 뿐이었다. 그들은 김막동 씨를 마흔 살이 훨씬 넘어서야 낳았다.

김막동 씨의 아버지는 그가 세 살 들던 여름에 갑작스러운 사고로 돌아가셨다. 빌딩 신축공사 현장에서 비계 구조물을 설치하다 실족해 추락한 사고였다. 마침 그가 원인 모를 열병으로 입원해 하루에도 서너 차례 까무러치는 고비를 넘기고 있을 때였다.

아버지의 장례를 치르고 나자 김막동 씨는 기적처럼 멀쩡하게 살아났다. 아쉽게도 그는 후유증으로 뇌를 다쳐서인지 다섯 살이 되도록 말을 제대로 익히지 못했다. 또래에 비하면 행동 발달도 유난히 늦었다. 약간은 절름거리듯한 걸음걸이며 까닭 없이 헤프게 웃어대는 표정은 얼핏 지적장애아처럼 보이기도 했다. 그럼에도 그의 어머니는 그 아들에게 애비가 명을 이어주고 갔다고 믿었다. 어머니는 그를 애지중지 키우는 보람으로 온갖 궂은 날품을 팔며 삶을 버텨내었다.

그 어머니는 팔순 할머니가 되어 재작년에 돌아가셨다.

김막동 씨는 이웃 사람들 사이에서, '바보 김 씨'로 통한다. 아이들까지도 그랬다. 그러나 면전에서는 그냥 '김 씨'라고 부른다.

학습 발달이 늦어 그는 열 살이 되어서야 초등학교에 입학했다. 중학교를 졸업할 때까지 그는 전교의 만년 꼴찌였다. 그는 항상 아이들의 가장 만만한 놀림감이었다. 그래도 그는 노상 히죽히죽 웃으며 피하려는 내색을 전혀 하지 않았다. 그의 그런 대책 없는 무방비와 무저항에 아이들은 오히려 먼저 싫증을 내고 물러서거나 지쳐서 손을 들고 말았다.

지금도 눈이 마주치는 아무에게나 히죽히죽 눈웃음을 치는 모양새는 전혀 변하지 않았다. 마냥 헛디딜 듯 허청허청 몸을 흔들며 걷는 품새도 여전했다.

그는 중학교를 졸업하고 국가가 지원하는 무료 직업훈련소에 들어갔다. 담임선생의 배려였다. 그는 2년 만에 최하급 선반 기계공 기능사 자격을 따냈다. 그가 금형 제작을 전문으로 하는 소규모 기계공작 공장의 선반공으로 일한 지는 벌써 10년이 넘는다.

김막동 씨의 사랑 이야기는 '진주집'에서 시작된다.

'진주집'은 김막동 씨가 다니는 공장과 이웃한 단골 식당이다. 부근 공장 공원들이 회사에서 배부한 식권으로 점심이나 야식을 대놓고 먹는 곳이다. 추어탕과 김치찌개, 된장찌개 따위, 공원들이 값싸게 편하고 배불리 먹을 수 있는 음식들을 팔았다.

그날도 저녁 늦게야 퇴근한 김막동 씨와 동료 공원 여덟 명은 '진주집'으로 몰려갔다.

그들 일행은 납품 기일이 촉박한 금형의 마무리로 벌써 며칠째 이어지는 잔업을 하고 있었다. 그들은 적당히 허기진 배를 안고 저마다 식탁에 둘러앉았다. 그날따라 평소에 깍듯이 인사를 하며 그들을 맞아주던 아주머니가 보이지 않았다. 누군가가 주방 쪽을 향해 소리를 질렀다.

"할매요, 여기 주문 안 받을끼요오!"

"예에…, 나갑니더…"

기다렸다는 듯이 화답하며 주방 쪽에서 나타난 아주머니는 생판 낯선 얼굴이었다. 식당에서 새로 일하게 된 사람인 모양이었다. 물수건이 담긴 쟁반을 들고 다가오는 그녀에게 한 공원이 농담을 걸었다.

"몬 보던 뉴 페이스가 오싯네!"

아주머니는 은근히 얼굴을 붉혔다. 양쪽 볼이 수두 자국으로 살큼 얽어 있었다. 흉해 보일 정도는 아니었다. 그녀는 그들에게 공손히 허리를 굽히며 인사했다.

"잘 봐 주이소, 오늘부터 여서 일하게 된 사람입니더."

낮게 깐 목소리가 약간 허스키해서 인상적이었다. 다른 공원이 그녀의 말꼬리를 물고 늘어졌다.

"사람인 기야 척 보믄 아는 기고, 통성맹을 해야 안 되겠능교. 징그러바도 우리는 앞으로 맨날 만나야 될 사람들이라요."

"저어… 강미자라고 하는데예."

"강미자 씨요? 가수 이미자하고 이름이 같아서 노래도 잘 부르시겠네."

"아이라요."

"그래도 마 아 한 곡 빼보소. 자고로 이 식당에 처음 오는 아줌마들은 노래 신고라 카는 거를 해야 하는 기라요."

그때 주방 쪽에서 마치 구정물이라도 퍼붓듯 걸걸한 목소리가 울려왔다.

"이 잡놈들아! 고마 어지가이 다루고 퍼뜩 주문이나 해라이!"

칠순을 바라보는 '진주집' 주인 할멈이었다. 할멈은 자식 같은 단골 공원들에게 악의 없는 상소리를 예사로 해댔다. 그만큼 흉허물이 없다는 뜻이었다. 할멈은 입담이 걸쭉하고 거침이 없는 성격이었지만, 다정다감하고 후덕했다. 공원들이 청하는 대로 밥이며 반찬을 군소리 없이 더 퍼주었다. 때로는 덤으로 닭볶음탕이며 돼지수육 따위를 만들어 듬뿍 밥상에 올려서 공원들의 박수를 받았다.

할멈은 주방 출입문 사이로 고개만 뺀 채 한 말씀 더 날렸다.

"미자야, 글마들 말 다 받아주다가는 밤 새야 된다. 퍼뜩 밥 믹이서 쫓아보내야 한데이."

미자 씨는 이어 밑반찬을 나르고 음식상을 차리기에 바빴다. 김막동 씨는 언제나처럼 좌석 맨 안쪽에 밀려난 듯 조용히 앉아 있었다.

대충 음식상이 차려져 갔다. 미자 씨가 마지막으로 김막동 씨 앞으로 조심스럽게 추어탕 그릇을 내려놓는 순간이었다. 옆자리의 공원이 잘못 숟가락을 바닥으로 떨어트리면서 몸을 움칠했다. 반사적으로 비켜서려던 미자 씨는 하마터면 손에서 추어탕 그릇을 놓칠 뻔했다. 그릇이 앞으로 약간 기울어지면서 국물이 쏟아졌다.

김막동 씨가 식탁을 타고 흘러내리는 국물을 피해 재빨리 자리에서 일어났다. 그러나 국물은 이미 그의 바지 앞자락을 적시며 길게 얼룩을 만들었다. 그가 워낙 민첩하게 움직여서, 뜨거운 국물에 속살이 데는 화상은 면한 것이 그나마 다행이었다.

놀란 미자 씨는 황급히 식탁 위의 물수건을 집었다. 그녀는 김막동 씨 앞에 꿇어앉아 바지를 적신 국물을 서둘러 닦아내면서 안절부절못했다. 이마엔 식은땀이 이슬처럼 솟아나 있었다.

"이 일을 우짜꼬! 미안합니데이, 정말 미안합니데이…"

다른 공원들의 입이 그냥 있을 리가 없었다.

"막동아, 혹시 거시기는 안 덧나?"

"까딱하모 노총각 인생 종칠 뿐 했데이…"

"그거 다칫삐모 막동이 니 장개갈라꼬 쌔빠지게 돈 모아바야 말짱 황인기라…"

김막동 씨의 귀에는 그런 소리가 하나도 들리지 않았다. 그는 오로지 바닥에 고개를 처박고 쩔쩔매는 미자 씨가 너무 측은할 뿐이었다. 오히려 자기의 잘못처럼 미안하기조차 했다. 그는 바지를 계속 닦아내고 있는 그녀의 손목을 붙들며 만류했다.

"인자 고마 닦으소… 살 안 덧으몬 됐지, 옷이야 집에 가 갈아입으몬 됩니더…"

미자 씨가 비로소 고개를 들어 김막동 씨와 시선을 마주쳤다. 잔뜩 겁에 질린 듯한 미자 씨의 눈에는 알 수 없는 슬픔이 가득 차 있었다. 김막동 씨는 갑자기 전선에 닿은 듯 가슴이 푸르르 떨려옴을 느꼈다. 그녀의 손목을 잡은 손바닥에도 쩌릿하게 전류가 흘러왔다. 그는 얼른 손을 풀고 시선을 피하고 말았다.

그날 이후 김막동 씨는 '진주집'에 가는 시간이 이상하게 기다려졌다. 미자 씨만 쳐다보면 가슴이 쿵쾅쿵쾅 울렸다. 얼굴이 술을 마신 듯 벌겋게 달아오르기도 했다. 그녀도 어쩌다 그와 시선이 마주치면 알듯 말듯 눈웃음을 보냈다. 아지랑이 같은 눈웃음이었다.

선반 앞에서 작업을 하다가도 불현듯 미자 씨 얼굴이 떠올랐다. 그는 깜짝 놀랐다. 전에 없던 일이었다. 가슴이 뜨끔해 스스로 따귀를 때렸다. 금형 절삭은 도면을 따라 천분의 일 밀리미터 오차도 없어야 하는 정교한 작업이었다. 고도의 집중력을 요구했다. 잡생각은 절대 금물이었다.

한번은 아무리 따귀를 때려도 머리를 쳐도 미자 씨 얼굴이 계속 눈앞에 어른거렸다. 그는 선반을 세우고 말았다. 도무지 작업을 더 계속할 수 없었다. 작업반장이 달려왔다.

"머꼬 막동아! 머가 잘못된 기가?"

"아입니더… 갑자기 눈앞이 어지러바서요. 잠시 있다가 할끼라요."

그는 공장 출입문을 지나 폐자재가 쌓인 공터로 나왔다. 심호흡을 한번 크게 하고 고개를 가로저었다. 가슴이 답답했다. 그렇다고 누구에겐가 속 시원하게 털어놓을 수도 없었다. 생각 같아선 당장 '진주집'으로 달려가 미자 씨의 얼굴을 한번 보고 싶었지만, 그건 더욱 못할 일이었다. 그는 괜히 두 주먹으로 자기의 가슴을 서너 번 쾅쾅 내려쳤다.

"에이 씨바, 내가 미쳤나 와 이라노!"

그런데 바로 그날 저녁 미자 씨와 맞닥뜨리는 행운이 찾아왔다. 퇴근길 버스 정류소 앞이었다.

그날따라 공장의 작업은 평소보다 한참 늦게 끝났다.

김막동 씨는 그런데도 일부러 갱의실에서 미적거리고 있었다. 다른 동료들이 얼른 먼저 나가기를 기다렸다. 퇴근길에 혼자 '진주집'에 들려 미자 씨의 얼굴을 보고 갈 작정이었다. 점심시간에도 놓고 나온 물건을 찾는 척 '진주집'을 두 번이나 더 들락거리며 미자 씨를 훔쳐보았으나 성이 차지 않았다.

하지만 그의 기대는 허사였다. '진주집'은 이미 굳게 셔터가 내려져 있었다. 그는 삶긴 시래기 모양 대번에 풀이 죽었다. 고개를 축 늘어뜨려 신발코에 시선을 박고 터덜터덜 힘없는 걸음을 앞으로 옮겨야 했다.

"막동 씨 아이라예?"

버스 정류소를 몇 걸음 남겨놓았을 때였다. 앞쪽에서 귀에 익은 여자 목소리가 울려왔다. 그는 소스라치듯 고개를 들었다. 아니나 다를까, 바로 미자 씨였다. 정류소 차양 지붕 아래서 그를 향해 환하게 웃고 있었다. 그 모습이 버스를 기다리는 서너 명의 사람들 속에서 활짝 핀 키 큰 연꽃처럼 보였다.

그는 비명을 지를 뻔했다. 쿵쾅쿵쾅 울리기 시작하는 가슴을 누르며 떨리는 음성으로 더듬거렸다.

"우, 우, 우짠 일입니꺼 미자 씨가요?"

"인자 퇴근한다 아입니꺼…, 막동 씨도 퇴근하는 길이라예?"

"야아…. 그, 그런데 미자 씨 집은 어덴 데요?"

"행복동 아입니꺼."

"행복동요? 그라모 내캉 같은 동네에 사네요. 아파트에 사십니꺼?"

"아이라요, 아파트 단지 입구에 있는 쪼깬한 개인 주택에 살고 있어예. 막동 씨는 어디에 사시는데예?"

그는 잠시 머뭇거렸다. 어쩐지 선뜻 '멧동네'에 산다는 소리가 나오지 않았다. '멧동네'라고 하면 사람들이 은근히 경멸하는 시선을 보내는 것을 알기 때문이었다. 그러나 침을 꿀꺽 삼키며 실토했다.

"저는…, 아파트 단지 맨 우에 있는 멧동네에 삽니더…"
"그래예…. 그라고 보이 우리는 같은 동민이네예."

미자 씨는 전혀 개의치 않는 표정이었다. 오히려 더 친근감이 느껴지는 목소리로 말했다. 그는 가슴 한구석이 겨울 호빵처럼 따끈따끈해지는 고마움을 느꼈다. 미자 씨의 어깨 위에 천사의 날개가 달린 것처럼 보였다.

그들은 이어 도착한 행복동 행 버스에 같이 올랐다. 늦은 시간인데도 버스는 거의 만원이었다. 그들은 버스에서 내릴 때까지 내내 나란히 서서 갔다. 그들은 약속이라도 한 듯이 한 마디 말도 주고받지 않았다. 그러나 김막동 씨는 괜히 싱글벙글 웃음이 솟으려 했다. 예상치 못한 큰 선물을 가슴에 가득 안고 있는 것처럼 마냥 행복하고 즐겁기만 했다.

그들은 행복동 정류소에서 내렸다. 김막동 씨는 미자 씨와 그냥 헤어지기가 너무 아쉬웠다. 무슨 말이든 먼저 꺼내보려 애써 보았으나 입술이 붙어버린 듯 소리가 되어 나오지 않았다. 그는 갈 방향을 놓고 공연히 머뭇거리기만 했다. 그때 그의 속마음을 엿보기라도 한 듯이 미자 씨가 먼저 말을 꺼냈다.

"저어…, 막동 씨, 벨 일 없으모 우리 어디 가서 소주라도 한잔 할까예?"

김막동 씨는 펄쩍 뛸 듯이 기뻤다. 사실 그는 술을 즐겨하지 않았다. 공장 동료들과 어울리는 피치 못할 술자리에서도 소주 서너 잔이면 얼굴이 벌겋게 달아올라 뒷전으로 물러서곤 했다. 하지만 그것을 문제 삼을 때가 아니었다. 그는 대번에 동의했다.

"소주를요? 좋지예…. 잘 아는 집이 있으므 어대든지 가입시더…"

그들은 버스 정류소에서 그렇게 멀리 떨어지지 않은 잔술집에 들어갔다. 왼편에 네 개의 탁자가 놓이고 오른편엔 스툴이 딸린 일자형 스탠드가 배치된 참한 술집이었다. 그들은 마침 비어 있는 탁자를 골라 마주 앉았다.

미자 씨가 소주와 닭꼬치를 안주로 주문했다. 그녀는 매우 기분 좋은 표정이었다. 이내 술과 안주가 나오자, 그녀는 익숙한 손놀림으로 술병의 마개를 땄다. 각자의 앞에 놓인 술잔을 채운 다음, 그녀는 자기의 잔을 눈높이로 들어 올렸다.

"자아 막동 씨, 오늘 우리 만난 거를 축하하면서 건배!"

김막동 씨는 얼른 미자 씨를 따라 술잔을 들어 올렸다. 그녀는 자기의 술잔을 그의 술잔에 가볍게 마주친 다음 단번에 홀짝 비웠다. 반도 채 마시지 못한 그는 신기한 표정으로 그녀를 지켜보았다. 빈 잔을 내려놓던 그녀가 그의 술잔과 그를 번갈아 보다가 한눈을 찡긋해 보였다.

"에이, 막동 씨…. 술 몬하는구나아…"

"예에, 지는 술에 좀 약한 편입니더. 소주 반 병 마시몬 고마 자야 합니더… 그래도 미자 씨는 상관 말고 마이 마시도 됩니더. 술자리는 끝까지 지키드릴 테니까 걱정 마이소."

미자 씨는 정말 술이 센 편이었다. 소주 두 병이 어느새 빈 병이 되었다. 마시는 술잔이 늘어나는 만큼 그녀의 얼굴은 익은 감빛으로 물들었다. 눈망울에는 안개가 피어올랐다. 그리고 머릿속에서 얘기의 실타래가 풀어지는 사람처럼 술술 입을 열었다.

"막동 씨랑은 같은 동민이고, 또오… 직장 이웃사촌이니까 그냥 털어놓는 말인데요. 지는 십년 전에 남펜을 잃고 혼자 살고 있는 과부라요. 명년에 고등학교 가는 쌍둥이 가시나 하고 남으집 셋방살이를 하고 있고요."

김막동 씨는 그냥 듣고만 있었다. 적당히 술에 취해서, 이따금 긴 손가락을 부챗살처럼 눈앞으로 살랑살랑 흔들며, 자기의 아픈 과거를 남의 얘기처럼 주절주절 늘어놓는 그녀를, 황홀한 눈빛으로 넋 놓고 지켜볼 뿐이었다. 스르르 옷고름을 풀어 헤치듯, 자신의 부끄러움을 부끄러워하지 않고 풀어 놓는 그녀의 모습이 한없이 아름답고 고와 보였다.

그녀는 그보다 나이가 다섯 살 위였다. 교통사고로 남편을 잃은 후 그녀의 지난 세월은 매우 신산했던 모양이었다. 남편이 남겨준 보상금을 몽땅 사기당한 얘기며, 그런 그녀를 돌봐주는 척 접근한 어떤 사내의 꾐에 빠져, 장사를 해 본답시고 담보를 잡힌 집마저 날린 사정 등을 두서없이 이어갔다.

그들은 거의 자정이 다가올 무렵에야 헤어졌다.

"지가 집까지 모셔다 디릴까예…"

김막동 씨가 술집을 나서며 약간 걸음을 기우뚱거리는 미자 씨에게 말했다. 그녀는 대번 두 팔을 크게 휘저었다.

"내야 소문난 과부지만 막동 씨 혼인길 막으몬 안 되지…. 장개 갈라꼬 돈도 열심히 모은다면서예…."

"아, 아이라요. 월급도 찌꼬리만한데 모아봤자지예…."

"오늘은 증말 고마봤으예, 다음에는 내가 한턱 빵빵 할끼니까 기대하이소!"

미자 씨는 검지를 세운 한 손으로 총 쏘는 흉내를 내곤 이내 손바닥을 살랑살랑 흔들어 보이며 작별 인사를 했다. 김막동 씨의 기분은 날아갈 듯했다. 온몸이 무게를 잃고 풍선처럼 공중으로 붕붕 떠오를 것 같았다.

그는 저만큼 미자 씨의 뒷모습이 사라질 때까지 제자리에 못

박혀 있었다. 가슴 가득 기쁨이 넘쳐 올랐다. 그는 그것을 사탕처럼 천천히 녹여 먹으며 걸음을 옮겼다. 자꾸만 웃음이 모락모락 피어올랐다. 그렇지 않아도 아무 때나 히죽히죽 염치없이 비어져 나오는 바로 그 웃음이었다.

김막동 씨와 미자 씨 두 사람이 퇴근길에 붙어 다니는 모습이 동료들의 눈에 여러 차례 들통이 났다. '진주집'에서 마주치는 그들의 눈길이 예사롭지 않다는 징후도 자주 탄로 났다. 그들의 사이가 보통이 아니라는 소문은 바람에 꽃가루 날리듯 살금살금 금세 퍼졌다.

"막동이 글마 그기 총각으로 늙어 죽을 줄 알았디마는 우째가 미자 씨를 꼬싯는지 진짜 궁금한 기라."

"나이가 좀 만코 쌍디 딸이 딸리있다 캐도, 인물이나 생김새를 봐서는 막동이하고 어불릴 사람이 아인거 같은데 히안하재…."

"뭐라카노, 좀 어리뻥한 거 빼고는 막동이도 크게 나무랄 데가 없는 기라. 순딩이재 착하재 거짓말할 줄 모르재 성실하재…. 우리 공장에서 십 년 동안 결근 조퇴 한분도 안 한 사람은 글마뿌이다 아이가. 거어다 얼마나 야문지 그동안 모아논 적금도 상당할 끼라 카던데….”

"식만 올리몬 되것네. 쌍디 딸내미 신부 둘러리로 세우몬 보기 좋을 기라….”

"지랄하네. '진주집' 할매 이바구로는 그 쌍디들 때문에 결혼식을 미루고 있다카더마는…”

어느새 김막동 씨와 미자 씨는, 직장 동료들은 물론 '진주집'을 드나드는 다른 단골들까지, 뗄 수 없는 한 쌍임을 암묵적으로 인정하는 사이가 돼 버렸다.

그들은 거의 매일 함께 퇴근했다. 언제인가부터는 김막동 씨의 집에서 밤을 새우고 다음 날 새벽이 되어서야 나가는 미자 씨의 모습이 이웃 주민들 눈에 자주 띄게 되었다. 그것은 한동안 주민들의 입을 즐겁고 신나게 만드는 얘깃거리가 되기도 했다.

"바보 김 씨가 여자를 꼬시서 집으로 데리고 와가 잤다네. 얼굴이 약간 얼그서 그렇지 키도 크고 인물도 보통이 아이라카드구마….”

"집신도 짝이 있다 카더이 바보 김 씨한테도 여자 붙을 때가 다 있네….”

"그래 말이라. 죽은 저그 어무이가 너무 좋아서 벌떡 살아 일어날 일이라 카이….”

"사람이 찌깨 모자라긴 해도 김 씨만한 착한 사람이 이 세상에 어데 흔하것나. 그래서 복 받은 기지 뭐…"

그래도 다행인 것은 아무도 그들을 험구하는 사람이 없다는 것이었다. 그들은 이제 이웃 주민들 사이에서도 암묵적인 인정을 받는 한 쌍으로 통하게 되었다. 휴일이면 가까운 재래시장에서 그들 두 사람이 사이좋게 생선과 채소 따위 반찬거리를 사는 모습도 눈에 띄기 시작했다.

그렇게 두어 달이 얼른 지나갔다. 그날도 김막동 씨 집에서 두 사람이 저녁상을 물리고 난 다음이었다. 미자 씨 앞으로 바짝 다가앉은 김막동 씨가 그녀의 두 손을 움켜쥐며 간절한 표정으로 말했다.

"미자 씨, 인자 더 미루지 말고 결혼식 올립시다. 동사무소 이층을 식장으로 빌리준다 카이, 오는 일요일에라도 식 올리고 혼인 신고도 하입시다."

미자 씨는 금세 안타깝고 난처한 표정이 되었다. 그녀는 살그머니 빼낸 자신의 두 손으로 그의 뺨을 어린애 달래듯 감쌌다.

"막동 씨 심정은 내가 모르는 기 아이라예… 쪼깨마 더 기다려 주이소. 내가 날마다 아아들에게 우리 사이를 이해시킬라꼬 노력하고 있다 아입니꺼…."

미자 씨의 대답은 한결같았다. 자기도 하루빨리 결혼식을 올리고 싶지만, 쌍둥이 딸들이 엄마의 재혼을 쉽게 받아들이려 않는다는 것이었다. 그렇다고 딸들의 생각을 마냥 무시해 버릴 수는 없는 일이었다. 더욱이 사춘기에 접어든 딸들이라 자칫하면 탈선의 빌미를 주어, 무슨 엉뚱한 일을 저지를지 모른다는 걱정이었다.

"그라모 내가 딸들을 직접 만나서 얘기해 보모 안 될까예?"

김막동 씨가 오랜 생각 끝이라는 듯 힘주어 말했다. 미자 씨는 깜짝 놀랐다.

"직접 만나 보겠다고요?"

그는 상대가 누구든 남들 앞에 나서기를 병적으로 두려워하고 몸을 숨겨왔다. 어릴 적부터 따돌림만 받으며 살아온 탓이었다. 그런 그가 딸들을 만나 보겠다고 먼저 나서다니 예사로운 결심이 아니었다. 그만큼 미자 씨와의 결혼은 그에게 절실하고 절박한 과제였다.

미자 씨는 그러나 이내 고개를 좌우로 가만히 흔들며 말했다.

"아이라요…. 잘못 만났다가는 가들 마음을 더 돌아서게 만들 수도 있어예. 그라고요…"

하다가, 그녀는 갑자기 말꼬리를 삼켰다. 더 말하기가 힘든 듯 입을 굳게 다물었다. 고개를 숙이며 손가락 끝으로 공연히 방바닥을 문질러댔다. 그가 의아해하며 채근했다.

"어서 말해 보이소, 무슨 얘긴데요?"

"이런 말씀은 디리몬 안 되는데…."

"답답네… 우리 사이에 몬할 말이 머 있다꼬?"

"일전에 딸들이 어디서 들었는지… 새 아부지 될 사람이 하필 이모 멧동네 사는 나이 어린 남자냐며 더 앙살을 피우는 기라요."

"……."

이번에는 김막동 씨가 입을 다물어 버렸다. 그도 뒤꽁무니에서 자기를 '바보 김씨'라 부르고 다니는 주민들의 평판을 모를 리 없었다. 한 번도 만나 본 적은 없지만, 미자 씨의 두 딸도 누구에겐가 자기에 대한 그런 입소문을 들었을 것이다.

그는 미자 씨의 딸들이 자기를 얼마나 수치스러워하고 창피하게 여길지 능히 짐작하고도 남았다. 펄쩍 뛰며 반대하는 게 당연한 일이었다. 미자 씨는 '멧동네 사는 나이 어린 남자'라고 듣기 좋게 표현했지만, 사실은 '멧동네 바보 김씨'라는 말과 다르지 않다는 것도 그는 잘 알고 있었다.

그는 이마를 찡그리며 가만히 입술을 깨물었다. 넓은 벌판에 혼자 버려진 것처럼 아득하고 막막했다. 하지만 여기서 미자 씨를 놓친다면, 끝이 보이지 않는 그 어둡고 황량한 벌판을 언제까지고 외롭게 헤매야 할 것임을 그는 알았다. 물러설 수 없는 일이었다. 입안이 바싹 마르며 입술이 타드는 갈증이 몰려왔다.

그는 문득 고개를 들었다. 두 눈이 어느 때와는 달리 뜨겁게 빛나고 있었다. 자기 앞을 가로막는 어떤 장애도 뛰어넘을 것 같은 눈빛이었다. 그는 이어 자기 등 뒤편 장롱의 문을 열었다. 맨 아래에 딸린 서랍 속을 서둘러 뒤적이던 그는, 이윽고 자그만 상자 하나를 들어내 놓았다. 그는 미자 씨 무릎 앞으로 그 상자를 힘주어 밀면서 말했다.

"이거 한분 열어보이소."

"이기 먼데예?"

상자와 그를 번갈아 쳐다보며 미자 씨는 의아해했다.

"열어 보모 알낍니더…"

그는 무겁고 침통한 음성으로 채근했다. 미자 씨는 마지못한 듯 조심스럽게 상자의 뚜껑을 열었다. 갑자기 그녀의 눈이 왕방울처럼 커졌다. 내용물에 머물렀다가 그를 바라보는 그녀의 눈망울이 경이로움으로 가득 찼다. 그녀는 거의 탄성을 질렀다.

"이거 은행 통장 아입니꺼?"

그랬다. 한 다발의 은행 통장이었다. 소중하게 고무 밴드로

묶은 통장들 위에는 작은 나무 도장 하나가 방금이라도 굴러 내릴 듯 달랑 얹혀 있었다.

"맞십니더…."

김막동 씨는 떨리는 목소리로 말했다. 열에 들뜬 사람처럼 얼굴빛이 벌겋게 달아오르고 있었다.

"이기 내가 지난 10년간 직장 생활하면서 모아 논 적금 통장이라요. 3억 원에서 쪼끔 모자랄 끼요. 아마 이 돈이몬 요 부근에 우리 네 식구 들어갈 열여덟 평짜리 아파트 한 채 사고도, 나중에 딸내미들 대학교까지 보낼 학비는 될 끼라요?"

그는 중간 중간 더듬거리면서도 빠르게 말을 이었다. 마치 멈추면 다음 말을 영영 잇지 못할 사람 같았다. 아마도 그가 태어나 남 앞에서 그렇게 길게 많은 말을 한꺼번에 하기는 처음이었을 것이다.

"이거 도장하고 몽땅 가져가서 딸내미들하고 단판을 지아뿌소. 가아들이 우리 결혼을 반대하는 이유는 빤할 빤짜라요. 내가 이 동네서 옛날부터 바보라꼬 소문이 쫙 나있으이 부끄러바 그라는 기라요. 돈으로 꼬우는 거 같지만, 앞으로 저그들하고 같이 살아 카는 새 아부지 될 사람이 진짜 바보가 아이라는 거를 이거로 비주고 한분 설득해 보시라꼬요."

미자 씨는 마치 홀린 사람처럼 그의 얼굴만 지켜보고 있었다.

그날 밤, 김막동 씨는 미자 씨에게 자신의 은행 통장을 상자째 몽땅 맡겼다.

눈치 빠른 사람은 이미 짐작했으리라. 그 일은 김막동 씨에게 돌이킬 수 없는 불행이 시작되는 계기가 되고 말았다. 며칠 가지 않아 미자 씨는 그의 은행 통장에 담긴 적금을 남김없이 털어서 홀연 종적을 감추어버렸다.

상자를 맡긴 지 나흘째 되는 날이었다.

점심시간 '진주집'에 들린 김막동 씨는 미자 씨가 출근하지 않았다는 사실을 알았다. 주인 할멈은 어찌 된 일인가 걱정이 돼 몇 번이나 전화를 걸어 보았으나 연락이 닿지 않는다고 했다.

김막동 씨는 덜컥 겁이 났다. 미자 씨는 어제 저녁밥을 같이 먹은 후, 어쩐지 몸살이 날 것 같다며 일찍 집으로 돌아갔었다. 혹시 몸살이 심해져서 혼자 드러누워 끙끙 앓고 있는 게 아닌가 싶었다.

그는 혹시나 해서 몇 번이고 전화를 걸어보았다. 헛수고였다. '전화를 받을 수 없으니 메시지를 남겨 달라'는 음성만 들을 수 있었다. 걱정스러워 견딜 수가 없었다. 너무 아파서 전화도 받지 못할 지경인지 모른다고 생각했다.

그는 입사 후 처음으로 공장장에게 부탁해 조퇴를 허락받았다. 그는 그녀의 집으로 곧장 달려갔다. 쌍둥이 딸들의 눈치를 보느라 늘 대문 앞에서 그녀를 혼자 들여보내곤 했던 집이었다. 그러나 이미 그녀는 떠나고 난 다음이었다. 그녀가 살았다는, 집주인을 따라 올라간 이층의 단칸방은 텅 비어 있었다. 구석 쪽으로 지퍼를 열어둔 간이 비닐 옷장 하나가 아가리를 쩍 벌린 채 덩그렇게 놓여 있었다. 마치 그를 향해 '이 바보야-!'하고, 큰 소리로 비웃고 있는 것 같았다.

더욱 놀라운 일은 그녀는 그 방에서 지금까지 혼자 살았다고 했다. 쌍둥이 딸이라곤 처음 듣는 얘기며, 그녀를 찾아온 사람의 그림자조차 없었다고 했다. 집주인의 말로는, 석 달 전에 월세로 계약해 처음 들어올 때처럼 커다란 가방 하나 달랑 들고 지난 저녁 불시에 나가더라고 했다. 다른 지방에 새로 직장을 얻어 옮기게 돼 급하게 떠나게 됐다고 하더라며 집주인은 혀를 끌끌 찼다.

그길로 김막동 씨는 자기 집으로 올라갔다. 가뜩이나 허청거리는 걸음을 절벽 아래로 떠밀린 사람처럼 허우적거리며 그래도 용케 집까지는 찾아갔다. 그는 그때부터 방문을 안으로 걸어 잠그고 두문불출하기 시작했다.

전후 사정을 알아낸 공장 사람들이 날마다 찾아와 아무리 달래고 일으켜 보려 해도 소용이 없었다. 그는 자리에 반듯이 누운 채 어떤 누구의 말이나 물음에도 입을 굳게 다물었다. 벙어리가 되기로 작정한 듯했다. 아무것도 먹지도 마시지도 않았다.

열흘을 넘기며 그는 마치 미라처럼 변했다. 누가 불러도 들은 척 만 척 눈을 굳게 감고 사지를 뻗은 채 숨만 겨우 할딱거렸다. 곧장 명줄이 끊어질 것 같았다. 하는 수 없이 그를 찾아온 공장 동료들이 파출소에 신고했다. 구급차를 부르고, 한사코 뿌리치는 그의 손발을 묶어 병원으로 옮겼다. 자기 곁으로 다가서는 구급대원들을 비명을 지르며 이빨로 물어뜯으려 해서 솜으로 입을 막아야 했다.

김막동 씨가 병원에 입원한 이십여 일이 지나서였다. 그때까지 링거에만 의존해 겨우 숨길을 이어가던 그를 거짓말처럼 털고 일어나게 만든 사건이 일어났다. 병원을 찾아온 '진주집' 주인 할멈의 말 한마디 때문이었다.

할멈은 뼈다귀만 남은 해골로 병상에 길게 누워 있는 그의 몰골을 한참 내려다보았다. 측은하고 애처롭고 불쌍한 마음을 누르지 못해 말없이 눈시울을 적시던 할멈이, 그만 참지 못하고 그를 향해 푸념하듯 소리를 내질렀다.

"이기 무신 꼬라지고, 이 문디같은 놈아! 당장 밥 처묵고 일어나거래이, 내가 책임지고 미자 그년 찾아주꺼마!"

죽은 사람처럼 늘어져 있던 그가 시트를 걷어차고 벌떡 일어난 것은, 할멈의 말이 채 떨어지기도 전이었다. 그는 벼락같이 할멈의 가슴으로 코를 박고 파고들었다. 그리고 짐승처럼 울부짖었다.

"할매 그기 참말입니꺼! 내애 돈은 하나도 필요 없어예… 미자 씨만 찾으몬 되는 기라요."

마치 천 길 벼랑으로 떨어지던 사람이 간신히 나무뿌리를 움켜잡고 매달려 발버둥 치는 사람 같았다. 그를 지켜보던 모두가 까무러치듯 놀랐다. 할멈도 마찬가지였다. 그래도 칠순의 경륜이 헛되지 않은 할멈이었다. 할멈은 한없이 서럽게 흐느끼는 그의 등덜미를 어린애 달래듯 쓰다듬으며 고개를 주억거렸다.

"그라모 이 육실할 놈아, 내가 이 모가지를 걸고 약속하꾸마… 그라이께 얼릉 몸 추시리고 일어나 출근해라이. 내가 조선 팔도를 샅샅이 디지서라도 그 급살 맞아 디질 년을 찾아내 니 오지랖에 착 안기주꾸마."

그날부터 김막동 씨는 고집스러운 단식을 풀었다. 그는 빠르게 회복했다. 병원의 담당 의사가 혀를 내두를 정도였다. 미자 씨가 사라진 지 꼭 한 달 만이었다. 어릴 때 앓았던 열병 앓듯 혼미 속에서 헤매던 그는 다시 본래의 모습을 되찾고 출근하기 시작했다. 측은히 여긴 동료 공원들은 그를 따뜻하게 반겨주었다.

다시 2~3개월의 시간이 흘렀다.

한창 금형 절삭 작업에 몰두하고 있는 김막동 씨 옆으로 공장장이 다가왔다. 공장장은 잠시 선반을 멈추게 하고, 의아해하는 그의 손에 작은 메모지를 쥐여 주면서 귓가에 대고 말했다. 공장 안의 소음 때문에 웬만한 말소리는 여간해 들을 수 없었기 때문이었다.

"니 지금 바로 여기 적힌 낙원경찰서 수사과 형사를 찾아 가바라. 방금 연락이 왔는데 니가 퍼뜩 와야 될 일이 있다카더라."

"무신 일인데 경찰서에서 내를 부른다 캅디까?"

"낸들 아나. 안그래도 내가 무신 일인가 물었디이 고마 와 보몬 안다카더라. 쌔기 가보모 알 거 아이가."

김막동 씨는 그길로 낙원경찰서로 달려갔다. 입구의 안내실 직원에게 물어 수사과를 겨우 찾아갔다. 그는 마치 큰 죄라도 지은 사람처럼 괜히 어깨를 웅크리며 수사과의 문을 열었다.

"누굴 찾십니까?"

서류철을 들고 막 문밖으로 나서던 사내가 하마터면 이마를 부딪칠 뻔한 그를 험악하게 노려보며 물었다. 그는 손에 쥔 메모지를 얼른 살피면서 더듬거렸다.

"김민한 형사님이라꼬…"

"쩌어기 저쪽 제일 구석 자리에, 앞에 여자를 안차 놓고 있는 사천왕처럼 무섭게 생긴 사람 비지요? 거 사천왕이 김 형사요."

사내는 서류를 든 손으로 한 곳을 가리켜 놓곤 횡하니 나가버렸다. 실내는 오래된 창고처럼 넓고 지저분하고 어수선했다. 여기저기 널려있는 책상에는 형사들과 피의자들과 참고인이며 방문객들이 짙은 안개 저편의 풍경처럼 한 덩어리가 되어 웅성거리고 있었다. 동물의 몸 냄새 같은 이상한 열기가 코로 몰려왔다.

김막동 씨는 겁먹은 사람처럼 어물어물 사내가 찍어준 자리로 걸음을 옮겼다. 그리고 그는 보았다. 자기가 찾아온 형사 앞의 의자에 몸을 말아 넣을 듯 자그맣게 구부린 등을 보이며 앉아있는 여자, 미자 씨를!

그는 잠시 경악으로 두 눈을 부릅뜨며 제자리에 굳어 버렸다. 다음 순간, 그는 마치 블랙홀로 빨려들 듯 미자 씨를 향해 달려들었다. 취조받느라 시달려서일까, 상처 입은 짐승처럼 웅크리고 있는 그녀를 그는 무작정 덥석 끌어안으며 울부짖었다.

"미자 씨 아잉교!"

"……."

엉겁결에 얼굴을 홱 돌리던 미자 씨의 얼굴이 하얗게 질렸다. 그녀는 너무 놀라 벌어진 입을 다물지 못했다. 차갑게 번쩍이는 수갑에 채워져 앞으로 모으고 있던 그녀의 손목이 후들후들 떨리고 있었다. 그제야 김민한 형사가 자리에서 몸을 벌떡 일으키며 소리를 질렀다. 실내가 울릴 만큼 거칠고 성마르게 내뱉는 목소리였다.

"보소, 당신 대채 누구요?"

김막동 씨는 사천왕처럼 부릅뜬 김 형사의 눈살에 오금을 절이며 더듬거렸다.

"김, 김, 김막동이라카는 사람인데요"

"하아, 당신이 김막동 씨요? 아니 그런데 구렝이 알 같은 당신 돈 3억을 훔쳐서 줄행랑친 여자가 밉지도 안는기요. 그것도 노름판에다 다 뿌리고 댕기다 잡히왔는데… 뺨대기를 왕복으로 때리도 분이 안 풀릴낀데 얼씨구 좋다 끌어안고 있으이 내 고마 할 말이 없네, 차암…"

김 형사는 그의 꼬락서니가 하도 기막히고 어안이 없다는 듯 혀를 끌끌 찼다. 그는 그러나 다시는 놓치지 않겠다는 듯 미자 씨를 더욱 힘주어 끌어안으며 잔뜩 겁먹은 사람처럼 울먹이기 시작했다.

"행사님요…, 내는요 그 돈은 필요없으예… 통장하고 도장은 내가 미자 씨 마음대로 씨라꼬 매낀기라요. 그라이 그 돈은 미자 씨 마음대로 써도 되는 돈이라요. 나는 미자 씨만 찾았시몬 됐지 그 돈은 모르는 일이라요. 그라이 우짜든지 미자 씨만 데리고 나가도록 해주이소!"

김막동 씨는 어느새 김 형사 앞에 무릎을 꿇고 앉으며 두 손을 모아 싹싹 빌고 있었다. 흘러내린 굵은 눈물로 얼굴이 떼쓰는 아이처럼 흠뻑 젖어가고 있었다. 그 모습이 하도 간절하고 곡진하여 차라리 처연해 보일 지경이었다.

수탉이여 영원하라

퇴근 벨이 울리는 것과 동시에 전화벨이 덩달아 울었다. 태호는 지친 표정으로 느릿느릿 송수화기를 들었다. 귀에 익은 특유의 걸쭉한 음성이 그의 고막을 쾅쾅 울려왔다.

"민수다. 퇴근 벨 아직 안 울렸냐!"

"남의 회사 퇴근 벨 카운터 하냐, 지금 울리는 중이다."

태호는 얼른 수화기를 귀에서 멀리하며 대답했다. 그는 오후 늦게 다시 작성해 올린 연설문에 대한 곽 회장의 검토 결과를 기다리고 있는 참이었다. 머릿속이 부글거리며 끓어올라, 누군가 핀만 뽑아주면 펑 터질 지경이었다. 그러나저러나 민수는 떠들고 있었다.

"나 지금 '동굴'에 와 있다. 빨리 걷어치우고 내려와라."

'동굴'이라면 태호 회사 바로 옆 건물의 지하에 있는 술집이었다. 태호는 잠시 의아했다.

"사표라도 던진 거냐, 이 시간에 어쩐 일이냐?"

"밖에서 회사 스폰서 한 사람 만나고 바로 해방이다. 형석이도 여기로 온다고 했다."

형석은 얼마 전 대영건설 서울 본사에서 부산 본부장으로 내려와 있는 친구였다. 서울의 가족들과 떨어져 호텔 생활을 하는 그는 고등학교 동기인 그들과 가끔 어울리기를 좋아했다. 민수가 계속 왕왕거렸다.

"녀석이 한 턱 쏘겠대. 그런데 형석이 오기 전에 너하고 먼저 의논할 일이 있다."

"무슨 일?"

"내려오면 알게 돼…"

민수는 전화를 딸깍 끊어버렸다. 퇴근이 조금 늦어질지도 모르겠다고 말하려는데 입을 틀어 막히고 말았다. 잠시 어이없어하다가 송수화기를 내렸다. 자리에 선 채 씁쓸해지는 입맛을 쩍 다시며 천정을 맥없이 바라보았다. 그때, 회장 비서실로 연결된 인터폰이 울렸다. 얼른 송수화기를 들었.

비서실장이었다. 목소리가 밝았다.

"강 실장입니다. 원고 때문에 걱정 많이 하셨지요? 조금 전에 회장님 퇴근하셨습니다. 수정하신 원고는 웬만큼 만족하신 것 같습니다. 이제 퇴근하시지요."

태호는 안도의 한숨을 내쉬었다. 비서실장의 말이 끝나기를 기다려 송수화기를 털썩 내려놓았다. 등골을 타고 정체 모를 벌레가 스멀스멀 기어내리는 기분이었다.

그는 오후 2시 무렵 곽동식 회장이 급하게 찾는다는 비서실의 연락을 받았다. 내일 오전 7시에 국제호텔 스카이라운지에서 열릴 향토 기업인 조찬모임의 인사말 원고 때문이라고 했다. 한 달 전에 향토기업인협회 대표로 취임한 곽 회장이 처음으로 갖는 공식 모임이었다. 시장을 비롯한 관내 기관장들을 초청하는 자리라 회장은 특별히 신경을 쓰고 있다고 했다.

곽 회장은 돋보기안경을 코끝에 걸치고 응접탁자 위에 놓인 A4 용지의 내용에 시선을 박고 있었다. 태호가 오전에 작성해 올려보낸 인사말 원고였다. 이미 몇 차례 내용을 검토한 모양이었다. 군데군데 빨간 사인펜으로 고치고 지운 자국이 선명했다. 태호를 불러들인 후에도 한참을 더 훑어보았다. 이윽고 안경을 벗어든 곽 회장은 태호에게 왼쪽 소파에 앉기를 권하며 말했다.

"김 과장, 이 원고 말이야 다시 손 좀 봐야 하겠어. 지방 중소기업인들의 당면한 애로사항이나 당국에 대한 요망 사항 등이야 늘 하는 염불이니까 그렇다 치더라도, 전체적으로 너무 건조하고 딱딱한 것 같지 않아…"

태호는 뭐라고 대답할 말을 찾지 못했다. 곽 회장이 잠시 뜸을 들이고 말을 이었다.

"첫 공식 석상의 인사이긴 하지만 너무 의례적인 느낌이야. 뭔가 좀 정감도 넘치고 부드럽게 어필할 수 있는 내용이 되었으면 좋겠는데…"

"다시 작성해 올리겠습니다."

수첩에 '너무 건조', '의례적', '정감 넘치고' 등의 단어를 속기사처럼 채우고 있던 태호는 서둘러 고개를 숙였다. 곽 회장은 탁자 위의 원고를 태호에게 건네며 내뱉듯 불쑥 말했다.

"김 과장, 요즈음 뭐 걱정거리라도 있어요?"

전혀 예기치 못한 물음이었다. 태호는 잠시 뜨악했다가 더듬거렸다.

"아, 아닙니다… 잘 지내고 있습니다."

"그래요오? 그런데 최근에 올라오는 김 과장 글들이 예전하고 많이 달라졌어요. 뭐랄까, 힘이 좀 달린다고나 해야 하나… 찰기가 빠진다고 해야 하나. 연설이라는 게, 거 뭐야 듣는 사람의 마음을 휘어잡는 호소력 같은 게 있어야 하는데, 요즈음 김 과장 글은 너무 밋밋하게 느껴지거든…"

태호는 뜨거운 물을 뒤집어쓴 듯 얼굴이 화끈하게 달아올랐다.

자신의 필력이 폄하되는 데 대한 어쭙잖은 모멸감이나 자존심 때문은 아니었다. 오히려 회장의 날카롭고 적확한 지적에 스스로 느끼는 부끄러움이었다. 그는 사실 요즈음 자기 일에 서서히 지쳐 가고 있었다. 아무리 사무적인 일이라곤 해도 그는 거의 기계적으로 원고 작성을 해치우고 있었던 것이 사실이었다. 그는 수치심을 누르며 더듬거렸다.

"죄송합니다…."

"아, 뭐 죄송하달 것까지야 없어요. 아무리 빼어난 문장가라도 매번 명문을 만들 수야 없지 않겠소. 그리고 나야 원래 그런 쪽에는 문외한이어서 그냥 내 느낌을 얘기해본 거니까 너무 마음엔 담지는 말아요. 그리고 이건…"

곽 회장은 말끝의 힘을 약간 줄이면서 응접탁자에 딸린 서랍을 열었다. 미리 준비해 둔 듯 하얀 민 봉투 하나를 꺼내더니 태호의 손에 쥐어주었다.

"얼마 되지 않소만, 소줏값에나 보태 쓰도록 하시오."

태호는 얼떨결에 봉투를 받아들었다. 그렇지 않아도 벌겋게 달아올랐던 그의 얼굴이 홍시 빛으로 부풀어 올랐다. 한 덩어리의 더러운 침이 얼굴로 튀어온 느낌이기도 했다. 태호를 느긋하게 바라보던 곽 회장이 여유 있는 부드러운 미소를 지어 보이며 말했다.

"다른 뜻은 없으니 얼른 넣어두시오… 그리고 참, 김 의원님하고 가끔 연락은 합니까?"

"김, 김 의원님요? 아아, 네에… 그저 가끔…"

"그럴 테지요… 그럼 그만 가 보시오."

그제야 태호는 얼른 수첩과 원고와 봉투를 챙겨 들고 튕기듯 자리에서 일어났다. 등줄기로 흥건하게 땀이 흘러내리고 있었다. 태호는 인사를 하는 둥 마는 둥 회장실을 빠져나왔다. 곽 회장의 의미심장한 미소가 흙탕물이 되어 뒤통수에 철썩철썩 들러붙는 느낌이었다. 치욕스러웠다.

곽 회장이 말한 김 의원이란 행복구 출신 국회의원이었다. 민수의 소개로 알게 된 고등학교 선배였다. 작년 총선을 앞두고 태호는 그의 자서전 원고를 윤문해주었다. 말이 윤문이지 거의 대필 수준의 창작이었다.

김 의원은 자서전 출판기념회 자리에서 태호에게 혜성기업의 곽 회장을 소개했다. 혜성기업은 70년대 신발산업 중흥기에 미국의 세계적 신발 브랜드 오이엠 생산회사로 기반을 잡았다. 지금은 남성 패션과 제약업계에 5~6개 계열기업을 거느리고 있었다. 곽 회장은 수인사를 나눈 자리에서 태호에게 제안했다. 자기 회사의 사보 편집과 자기의 연설문 원고를 맡아달라는 것이었다. 아마도 김 의원과 미리 얘기가 오고 간 듯했다. 민수는 부인했지만, 그가 태호 모르게 모종의 역할을 맡아 일을 꾸민 것이 틀림없었다.

태호는 거절할 형편이 아니었다. 초등학교 선생인 아내에게 가계를 맡긴 지 10년을 훨씬 넘기고 있었다. 머리가 커진 두 아들 녀석 중 큰놈은 고등학생, 막내는 중3이 되었다. 게다가 나들이를 나갔다가 돌부리에 걸려 털썩 쓰러지신 어머니가 거의 2년째 매일 병원을 드나들고 있었다. 팔리지도 않는 글을 쓰느라 노상 책상 앞에 죽치고 앉아 있는 그를 묵묵히 지켜보며 인내하고 있는 아내의 표정에도 차츰 곤혹스러운 그늘이 지는 듯했다. 이따금 번역물이나 윤문이라는 말로 포장된 대필원고도 가리지 않고 써댔으나 가계에는 별 도움이 되지 않았다.

태호는 삼 일 후에 혜성기업 총무부로부터 홍보과장으로 발령이 났다는 통보를 받았다. 그리고 어느새 1년여의 시간이 흘렀다. 그러나 첫 출근을 한 바로 그날부터 후회하기 시작했다. 우선 정시에 맞춘 출퇴근과 빈틈없이 짜인 직장의 일정에 적응하는 일부터가 힘들었다. 너무 오랜 기간 동안 무위도식하는 방만한 생활에 길들여졌던 탓이었다. 그나마 사보를 편집·발행하는 일은 그렁저렁 참을 만했다. 하지만 빈번한 곽 회장의 대내외 행사 참석에 맞춘 연설문의 작성에는 거의 본능적인 거부반응을 느꼈다.

일종의 자격지심일 터였다. 나이 오십 줄에 들 때까지 오로지 '글을 쓴다'는 자존심 하나로 버텨왔던 그로서는, 지금에 이르러 기껏해야 남의 입 구실이나 하고 있다는 자괴감과 열패감에서 헤어날 수가 없었다. 아무리 목구멍이 포도청이라고 한들, 그때까지 다른 많은 기회를 포기하면서 지키고자 안간힘 써 왔던 자신의 영역을, 몇 푼의 월급과 바꾸고 있다는 사실이 참으로 견디기 힘든 통증이 되었다.

그러나 아빠의 출근을 대놓고 좋아라 하는 아들놈들과, 모처럼 며느리 앞에서 어깨를 펴 보이는 어머니, 그리고 정말 오랜만에 맑은 웃음을 웃는 아내의 얼굴 때문에 그는 치밀어 오르는 구역질을 누르듯이 겨우겨우 버텨 나온 셈이었다. 연설문 작성도 일종의 사무적 처리일 뿐, 자신의 작가적 자존심과는 전혀 무관한 일이라고 생각하려 했다. 외국에서는 유명 작가들이 대통령이나 정치인들의 스피치 라이터로 흔하게 활동하고 있다는 사실은 그도 익히 알고 있었다.

하지만 어떤 사실이나 생각이나 변명도 그에게 진정한 위안이 되지 못했다. 연설문을 쓸 때마다 매문(賣文)이라는—애써 갈고 닦은 자신의 글을 헐값에 내다 팔고 있다는— 참담한 자책의 채찍이 그를 괴롭혔다. 갈등과 불면의 밤이 잦아졌다. 하룻밤에도 몇 차례씩 이불 밑을 빠져나와 담배를 물거나, 깊은 한숨을 몰아 뱉곤 했다. 눈치 빠른 아내는 모른척하다가 하루는 작심한 듯 말했다.

"당신 회사 그만 두세요."

"무, 무슨 소리야…"

"제가 더 견디기 힘들어요. 그러다 당신마저 환자 되면 나 정말 쓰러져요."

"그런 일 없을 거니까 걱정하지 말라고. 직장생활에 쉽게 길들여 지지 않아서 조금 신경이 쓰일 뿐이야."

"팍팍하지만 내 월급만으로도 지금까지 잘 버텨 왔잖아요. 그리고 당신 쓰다만 장편은 그대로 내버려둘 작정이어요?"

그랬다. 그는 출근이 시작되면서부터 자기 작품 원고라고는 단 한 줄 써본 적이 없었다. 일제 치하의 부산항운노조 파업 사건을 배경으로 삼아 원고지 6백 매 가까이 쓰고 있던 장편소설은 물론, 중단편 몇 편도 마무리를 못 한 채 그대로 덮어두고 있었다. 사실상 절필 상태로 지냈다. 뿐만 아니라 그동안 단 한 권의 책도 펼쳐보지 않았다는 사실에도 생각이 미쳤다. 독서는 창작 작업과 함께 그의 생활의 당연한 일부였었다. 그는 아예 창작의 원천까지 말리고 있었다.

그는 딴소리로 어물거렸다.

"그건 구성이 너무 허술하고 당대에 던지는 메시지도 별로 없어 보여서 아예 폐기해 버렸어. 웬만큼 직장생활에 익숙해지면 처음부터 다시 써볼 작정이야. 그러니까 제발 딴 걱정은 말고 당분간 지켜봐 주셔."

"당신이 고집한다면 어쩔 수 없지만, 언제라도 생각이 바뀌면 사표 내고 말아요. 난 처음부터 작가 김태호랑 결혼했지, 월급쟁이 김태호랑 결혼한 건 아니니깐요…"

태호는 아내가 자신에게 품고 있는 그런 고집스러운 소녀 적 환상이나 기대가 더 무서울 때가 있었다. 그래서라도 그는 기를 쓰고 직장생활에 매달리려 하는 것인지 몰랐다. 회사에서 먼저 쫓아내지 않는 한 가능하면 오래, 정년퇴직할 때까지 그 자리를 지키고 싶다는, 내심의 저항이나 갈등과는 전혀 상반된 생각을 밀어붙이려 애썼다.

태호가 어렵게 얻은 첫 직장에서 사표를 던지고 나온 것도 아내의 그런 기대가 크게 작용했었다. 그때도 정치권에 진출한 대학 선배의 추천으로 부산의 중기업 홍보부에 근무하고 있었다. 그러다 아이엠에프의 강풍에 기업의 체중을 극한으로 줄여야 할 판이 되었다. 그는 스스로 퇴진을 결정했다. 아내는 오히려 그를 격려 했었다. 여보, 당신에게 소설 쓰라고 하늘이 기회를 주는 것인지도 몰라요. 그동안 당신 많이 갈등했었잖아요.

태호는 전화벨 소리에 깜짝 놀라 생각에서 깨어났다. 송수화기를 들자 아니나 다를까 민수의 목소리가 왕왕 울렸다.

"야 임마, 안 내려오고 뭐 해? 내가 비서실장한테 전화 걸어 너 빨리 풀어주라고 고함을 질렀더니 벌써 퇴근했을 거라고 하던데. 요즈음 김 일병 너, 군기가 완전 빠졌어. 조인트 까이기 전에 오 초 내 집합!"

민수는 흡사 신병 훈련소 조교처럼 소리치고는 딸깍 전화를 끊었다. 태호는 육군에 입대해 1년 만에 일등병으로 군법회의에 회부 돼 불명예 제대를 했다. ROTC 출신 중위로 제대한 민수는, 그가 육군 교도소에서 수감 생활을 치르는 동안 정기적으로 면회 온 유일한 친구였다.

민수는 이미 파전에 막걸리를 두 병째 마시고 있었다. 그는 말술을 즐기신 선친의 유전자를 고스란히 물려받아 '불가피하게 술꾼'이 될 수밖에 없었다고 내놓고 말했다. 점심 먹는 자리에서 소주 두 병을 비우고도 끄떡없는 호주가에 애주가였다. 그는 태호가 앞자리로 들어서자 이미 놓여있던 질그릇 대접에 막걸리부터

철철 부으며 이죽거렸다.

"김 작가님께서 직장에 너무 충성하시는 거 아닌가."

"충성이 도를 넘어 이제 간신히 되려 하시네. 이게 다 박 중위님 덕분이 아니겠습니까?"

"은혜를 잊지 않으니 가상한 부하로다. 이어 하사 주를 내리리다."

민수는 태호가 단숨에 비운 술잔에 다시 막걸리를 쏟아붓듯 가득 채웠다. 태호는 잔이 차기를 기다렸다가 민수에게 대뜸 물었다.

"의논할 게 있다더니…"

"지난번 다큐 원고 다시 써줘야겠다."

"그건 또 무슨 해괴한 멘트냐…"

작심하고 있었던 듯 단도직입적인 민수의 말이 가시가 되어 태호를 찔렀다. 민수가 근무하는 지역방송사의 청탁을 받아 얼마 전 탈고해 넘긴 원고 이야기였다. 개국 기념으로 기획한 특집 다큐멘터리로 '내 고장 역사 탐방'이라는 30분짜리 3회 연속물이었다. 임진왜란 당시 최초의 접전지가 되었던 부산의 전적지 네 곳을 찾아 유적 유물 등을 둘러보며 역사적 의미를 되새기는 내용이었다. 기존의 기록 등을 근거로 왜적 침입 당시의 실상과 항전에 나섰던 민·군·관의 활동상을 담은, 어떻게 보면 매우 단순하고 도식적인 얘기였다.

민수는 대답을 미루고 자기 앞의 술잔을 채워 단숨에 비웠다. 그로서도 얘기를 꺼내기가 몹시 불편하고 거북한 기색이 역력했다.

"국장님께서 내용이 조금 편향적이래. 지금까지 호국의 영웅으로 미화되어 오는 동래부사를 비롯한 여러 장군을 지나치게 부정적으로 그렸다는 거야. 백성들의 안위 따위 아랑곳하지 않고 오로지 일신의 영달에만 매달려 정쟁에나 골몰했던 부패한 중앙 조정의 고관들과 도매금으로 폄훼하고 있다는 거야. 그리고 민중들의 봉기와 저항만 상대적으로 크게 부각해 일부 오해를 살 여지가 있고, 당대 장군의 후손들이 반발할 수도 있지 않겠느냐고 하더군. 내가 거칠게 대들었더니 정치적으로 민감한 시기에 괜한 구설에 휘말리지 말자고 사정하더라. 너에겐 정말 미안하지만, 납득할 수 있도록 정중하게 설명하고 개작을 부탁하라고 빌듯이 하더라고. 너도 알다시피 우리 국장님, 윗선의 눈치 같은 건 별로 살피는 사람이 아닌데, 아마도 무슨 말 못 할 사정이 있는 것도 같고…"

태호는 씁쓸했다. 어떻게 보면 자기의 숨긴 의도가 너무 쉽게 들통이 났다는 낭패한 기분이기도 했다. 왜, 지난 역사는 잘나 빠진 군주나 장군들의 얘기뿐인가. 왜, 그들 뒤에 가려진 수많은 민초의 고난과 고통, 헌신과 희생은 말해지지 않는가. 우리 역사상 가장 오래고 처참했던 전쟁이었던 임진왜란만 해도 그렇다. 국정을 주물렀던 관리들은 패싸움에 빠져 국방에는 거의 무방비 상태로 있었다. 대규모 선단을 이끌고 침략한 왜군은 부산을 기점으로 파죽지세로 진군하였다. 지방 관리들은 뿔뿔이 흩어져 도망치고 조정 임금과 군신들은 왕궁을 비우고 멀리 난을 피하기에 급급했다. 버림받은 애꿎은 백성들만 조총과 화살에 사살당하고 창에 찔리고 칼에 베이어 곳곳에 시체 더미를 이루었다.

 부산지방-동래부도 다르지 않았다. 심지어는 왜군의 침공 소식을 전갈 받은 한 좌수사-지금의 해군 총독-는 병졸과 주민들 몰래 성을 비우고 측근과 함께 도주하고 말았다. 태호는 최후까지 항전하며 옥쇄했다는 다른 고을의 관리나 장군들의 기록들도, 전쟁이 끝난 후 수십 년이 흐른 후에 남긴 것으로, 다분히 미화 조작된 것이 아닌가 하는 혐의를 버릴 수가 없었다.

 그래서 태호는 왜군의 침략과 노략질을 피해 산채로 숨어들어 의병을 일으키고 전쟁이 끝날 때까지 게릴라전을 펼쳤던 주민들의 고난과 항전 등에 얘기의 초점을 맞추었다. 치적과 무공을 상찬하는 성군이나 장군들의 얘기에 파묻히고 백안시 당한 민초들의 참모습을 역사의 전면으로 불러내야 한다는 욕심이었다. 태호의 그런 의식적인 시도가 노골적으로 드러낸 이념의 편향으로 보인 모양이었다.

이번엔 태호가 자신의 술잔을 채우고 목마른 사람처럼 벌컥벌컥 들이켰다. 단숨에 잔을 비운 그는 파전 한 조각을 입에 넣고 우적우적 씹었다. 민수의 시선을 일부러 피하며 말했다.

"원고료도 받아 쓴 주제에 다시 못 쓰겠다고 버티면 네가 샌드위치 되겠지?"

"아니, 쓰기 싫으면 그만둬…"

"정말이야?"

"정말이면 좋겠지? 방송 원고 한두 번 써보는 것도 아니고 왜 이래…"

반색하며 고개를 쳐드는 태호를 쏘아보며 민수가 기가 차다는 표정으로 말을 이었다.

"방송 원고 칼질이나 엿장수 가위 치기나. 그래도 너니까 고쳐달라는 거야. 똥 밟는 기분이겠지만 큰 의미나 무게를 둘 일은 아니잖아. 네 작품 목록에 오를 것도 아니고, 어차피 일회용 방송 찌라시 아닌가. 주문자 청구대로 써주고 수수료 받는 비즈니스. 너 곽 회장 스피치 원고에도 민중사관 집어넣을 수 있냐, 아니잖

아. 기존 역사 기록대로 편하게 가자고. 네가 진짜 하고 싶은 주장은 소설 속에서 고함치든 웅변을 토하든 하고…."

태호는 잠시 숨을 몰아쉬었다. 반박할 말이 쉽게 떠오르지 않았다. 주문자 청구대로 써주고 수수료 받는 비즈니스라, 역시 민수다운 기발한 표현이요 태호에게는 최상의 위로였다. 그런데 그놈의 소설은 언제 쓰느냐 말이지. 태호는 신경질적으로 빈 술잔을 들어 민수의 턱 밑으로 들이밀며 쏘아붙였다.

"씨팔, 넘치도록 부어봐. 오늘은 왜 이렇게 머리에 열 뻗는 일만 생기냐…"

"왜 회사에서 무슨 일 있었던 거야."

민수가 예상외로 선선히 물러서는 태호의 반응에 적잖게 안심이 놓인다는 듯 술잔을 채워주며 받았다. 아마도 그는 국장의 부탁을 받고 방송사를 나설 때부터 태호를 만나기까지 쇳덩이를 삼킨 듯 무거운 기분을 안고 있었을 터였다.

"무슨 일은…, 싸워야 할 상대가 너무 많아 아무도 보이지 않아서, 그냥 나하고 싸우는 거야. 피 터지고 깨지는 것도 언제나 나지. 나 요새 말이야 '척 팔라닉'처럼 '파이트 클럽'이나 만들어 보려고 구상 중인데 어떻게 생각하셔. 너부터 가입하지 않을래…"

"미친놈…! 그게 나이 오십을 바라보는 식구 넷을 거느린 대한

민국 가장이 할 수 있는 생각이냐. 그냥 소설이나 쓰시지…. 파이트 클럽이건, 요새 은밀하게 성행 중이라는 스와핑 클럽이건, 그 따위 자본주의 오물들은 다른 사람에게 맡겨두시고….”

바로 그때, 그들의 대화를 가로막는 사람이 있었다.

"손님, 합석 좀 하면 안 될까요?”

그들이 동시에 고개를 들었다. 형석이 껑충한 키로 내려다보며 씨익- 웃고 있었다. 두 사람은 술잔과 얘기를 섞어 주고받느라 그가 테이블 옆에까지 다가서도 알아채지 못하고 있었다.

세 사람은 어지간히 취한 상태로 '동굴'에서 나왔다. 이어서 형석이 약속대로 걸게 한턱 쏘겠다며 앞장섰다. 그가 태호와 민수의 등을 밀고 이차로 들어간 곳은, 인근 일급호텔 지하에 딸린 전형적인 룸살롱이었다. 도심 구석구석에 포진하여 향락 문화의 상징처럼 자리잡고 있으나, 결코 아무나 함부로 드나들 수 없는 호화 술집들 가운데 하나였다.

제복의 웨이터들이 90도 허리 굽혀 인사를 하는 가운데, 미모의 마담이 온갖 아양을 떨며 그들을 맞이했다. 그들은 완벽하게 폐쇄된 밀실로 안내되었다. 형석과는 그동안 꽤 친분이 쌓인 사이로 미리 연락이 되어 있었던 모양이었다. 실내 테이블엔 이미

30년산 발렌타인 두 병과 여러 병의 맥주, 안주를 담은 크리스털 접시들과 생수, 얼음통, 홍차 캔 등이 넘치도록 진설되어 있었다.

이윽고 고혹적인 몸매를 제대로 드러낸 아가씨들이 등장했다. 그녀들은 요염한 교태를 향수처럼 뿌리며 공손하게 인사한 다음 그들의 옆자리에 차례로 앉았다. 형석은 마치 미리 정해둔 식순대로 진행을 하듯, '다이너마이트'를 세 순배나 돌렸다. 양주와 맥주를 7대 3으로 혼합한 폭탄주를 그렇게 불렀다. 그들은 무슨 의식을 치르듯 '다이너마이트'를 동시에 단숨에 비웠다. 넥타이를 풀어 아예 주머니에 넣어버린 형석은 한 손을 파트너의 미니스커트 자락 아래로 깊숙이 찔러넣으며 떠들었다.

"야아, 너희들 동윤이 소식 들었냐? 하긴 태호 너는 동업자니까 잘 알겠네. 그 녀석이 얼마 전에 찍어낸 『대통령의 아들들』이란 소설이 자그마치 백만 부가 팔려나가는 베스트셀러가 됐다며?"

"많이 팔린다는 소문은 들었지만 그렇게나 많이…"

파트너가 집어서 입속에 넣어주는 안주를 우물거리며 민수가 놀란 눈이 되었다.

"명색이 지역 언론을 대표한다는 방송사의 고참 피디께서 그렇게 안테나 수신 상태가 불량해서야 되겠냐? 그 자식이 말이야, 어제저녁에 느닷없이 전화를 걸어와 하시는 말씀이 『대통령의 아들들』을 읽어 봤냐는 거야. 내가 그랬지. 이 바쁘신 노가다가 언제 소설 읽을 시간이 있겠냐. 저명한 작가님께서 친필 사인한 증정본이나 보내주시면 또 몰라도 말씀이야 그랬지."

"그랬더니?"

"지난날 문학 서클 활동을 같이한 동지이자 친구가 냈다는 소설 한 권을 사 읽지 않은 풍토이니 한국 문화가 여태 후진성을 면치 못한다느니 어쩌고저쩌고 사설을 늘어놓더군. 그리곤 며칠 후에 부산의 대형서점에서 팬 사인회를 가질 예정이라며 그때 너희들도 함께 만나자고 하더라고…"

동윤이도 그들과 같은 고등학교 동기로 문예반 활동을 함께한 친구였다. 특히 동윤은 형석과 단짝으로 졸업 후 서울의 같은 대학으로 진학한 사이었다. 동윤은 대학 졸업 후 대통령 비서실장이 된 사촌 형의 추천으로 청와대 비서관으로 3년여 근무했었다. 한때 부산으로 내려와 국회의원 출마를 할 것이란 소문이 있었으나 공천에서 탈락하자, 모 방송국 자문위원으로 갔다고 했다. 그러던 어느 날 방송국을 그만두고 나와서 정치계의 숨은 뒷얘기를 폭로하는 논픽션 작가로 이름을 알리기 시작했다. 얼마 전부터는 정치계의 암투와 대결, 계략과 술수, 모의와 배신 따위를 소재로 하는 정치 소설을 연이어 발표하고 있었다. 민수가 파트너의 목이 깊게 파인 원 숄더 원피스 사이로 비어져 나온 융기한 가슴골로 손을 밀어 넣고 더듬거리며 말했다.

"그 자식 아무튼 억세게 운수 좋은 놈이야. 논픽션이든 픽션이든 자기의 지난 편력을 밑천 삼아 명성과 돈을 한꺼번에 쥐게 되었으니 말이지…"

"대학에 가서는 녀석도 나도 문학은 아주 접었던 터라, 지금처럼 글쟁이로 방방 뜨리라곤 상상도 하지 못했어. 정말 사람 팔자 알 수 없는 일이야. 사실 글재주로 치면 작가로 성공해야 할 사람은 태혼데 말씀이야. 그 녀석 고등학교 땐 매일 태호 꽁무니나 졸졸 따라다녔잖아. 백일장에 나가면 차석도 못하던 놈이 인기작가 행세를 하고 있다니, 한국 문단의 수준을 알만 하다고. 나도 골치 아픈 이놈의 노가다 노릇 때려치우고 글이나 써봐?"

"어련할까. 정치권력과 샴쌍둥이처럼 등을 서로 붙이고 엉켜있는 국내 건설업계의 비리, 특히나 형석이 너 회사를 비롯한 대형 건설업체들의 비리부터 폭로하는 논픽션으로 데뷔하면 되겠네…"

태호는 두 사람이 주고받는 얘기에 잠자코 귀를 기울이며 연신 술잔만 홀짝거리고 있었다. 어지간히 술기운이 거슬러 오르는 가운데 이상하게 뱃속에서 뜨거운 무엇이 부글부글 끓기 시작했다. 그러면서도 그는 어쨌거나 한 마디 뱉지 않으면 안 되겠다는 절박한 심정에 쫓기고 있었다. 그는 마치 씹고 있던 딱딱한 마른 안주를 내뱉듯 말을 쏟아냈다.

"이거 보게, 사랑하는 좆같은 내 친구 놈들아, 고등학교 때의 백일장 장원, 그거 죄다 흑싸리 쭉정이일 뿐이라고. 그리고 학창 시절 전학년 수석을 한들 무슨 소용이냐고. 야아, 내 사랑하는 좆같은 친구들아, 성적순이 성공순이 아니듯이, 백일장 장원이 소설가로 시인으로 성공을 보장하는 것은 아니란 말씀이야. 그 살아있는 증거가 바로 나잖아, 나, 이 김태호 말이야. 그러니 술이나 처마시자고오 씨발!"

태호의 말끝에는 어쩐지 자기 손목을 긋는 듯, 다분히 자해적인 비감이 어려 있었다. 재능이 별로 뛰어나 보이지도 않았던 친구가 뒤늦게 뛰어든 문학판에서 유명세를 치르고 있는 데 반해, 문학에 인생의 성패를 걸었던 자신이 처한 현실의 남루함에서 오는 열패감이 진하게 배인 음성이었다. 말을 마친 그는 옆의 파트너가 채운 술잔을 목구멍으로 단숨에 털어 넣었다.

민수가 태호의 기분이 심상치 않음을 직감하고 얼른 수습에 나섰다. 사실상 퇴짜 맞은 것이나 다름없는 방송극본 일까지 겹쳐서 지금 태호의 속이 여간 비틀리지 않고 있을 터였다. 그는 얼른 태호의 비운 술잔을 채우며 너스레를 떨었다.

"아이고오, 태호답지 않게 무슨 자기 비하의 말씀이시냐… 상업적 성공이 문학적 성공과 전혀 관계가 없다는 것을 모르고 우리가 떠들고 있는 건 아니잖아. 태호 자넨, 누가 뭐래도 고등학교 시절 문예반의 우상이며, 지금도 우리에게는 여전히 한국 문단의 가장 기대되는 작가님이시라고…."

형석도 그제야 태호의 기분을 짐작했는지 얼른 맞장구를 쳤다.

"그 말에 나도 찬성 한 표다. 그러니까 존경하는 김태호 작가님께서는 독자를 열광시킬 야심작을 얼른 내놓으시라고. 나도 천 권쯤 사서 방계 회사 직원들에게까지 쫙 나눠주며 자랑할 거니까 말야…."

그러나 태호는 이상하게 앉은 자리가 땅 밑 깊숙한 곳으로 한정 없이 무너져 내리는 급격한 추락감에 몸을 떨었다. 점점 거슬러 오르는 술기운 때문만은 아니었다. 형석이 문득 생각났다는 듯 자기의 파트너 엉덩이를 철썩 치면서 소리쳤다.

"야아, 이년들아 뭘 해, 빨리 풍악을 울리지 않고…."

형석의 파트너가 버튼 눌린 자동기계처럼 자리에서 일어나더니 남은 두 사람의 파트너에게도 눈짓을 보냈다. 그녀들은 동시에 자리에서 일어나 출입구 쪽 넓은 공간에 나란히 섰다. 그리고 순식간에 옷을 홀딱 벗어 의자 위로 던졌다. 모두 브래지어와 팬티 차림이 되었다. 형태의 파트너가 마이크를 쥐며 말했다.

"그러면 지금부터 '섹시 세 자매' 공연의 막을 올리겠습니다."

그녀들 등 뒤의 대형 화면이 밝혀졌다. 화려한 영상과 함께 빠른 템포의 연주음악이 실내를 가득 채우기 시작했다. 그녀들은 매우 익숙하고 잘 훈련된 동작으로 서로 어깨를 걸고 몸을 꼬며 반주에 맞춰 노래 부르기 시작했다. 트리오의 화음을 제대로 흉내 내면서 허리와 엉덩이를 붕어처럼 유연하게 흔들었다. 실내 조명이 어두워지고 머리 위에서는 미러볼이 돌아가며 현란한 빛의 눈발을 날렸다. 소규모 리사이틀 무대를 방불케 했다.

노래 한 소절이 끝나자, 그녀들은 같은 동작으로 재빨리 팬티를 엉덩이 아래로 끌어내렸다. 허벅지 사이의 소복한 음모를 잠시 드러내 놓는가 싶더니 다시 잽싸게 팬티를 올렸다. 그리곤 간주가 계속되는 음악의 리듬에 맞춰 몸을 꼬며 춤을 이어갔다. 형석과 민수가 입이 헤벌쭉해져서 그녀들에게 시선을 박은 채 박자를 맞추며 손뼉을 치고 있었다.

태호는 엉뚱하게도 싸늘한 시멘트 바닥에 퍼질러 앉은 채 오열하듯 합창하던 신발공장 여공들의 모습을 떠올렸다. 대학 1학년 때였다. 위장 취업한 그도 기름때가 덕지덕지 오른 작업복 차림으로 그들 뒤에 서 있었다. 외부와 철저하게 차단된 채 일주일째 계속된 농성 투쟁이었다. 쥐꼬리만 한 봉급을, 그것도 2~3개월씩이나 미루며 여공들을 개처럼 부리는 사주에 저항하여 시작된 항의 파업 농성이었다.

 그는 사건 주동자의 한 사람으로 경찰에 연행되어 육군에 강제 입대했다. 그리고 첫 휴가 때 선배들과 모의해 또 다른 봉제공장의 파업과 농성을 시도하다가 검거되었다. 군법에서 징역형을 받고 불명예 제대했다. 한참 후일에야 안 사실이지만, 그가 위장 취업했던 신발회사의 사장이 바로 고교 동기 동윤의 아버지였다. 사건 당시 마침 집에 와 있었던 동윤은 태호가 아버지 회사의 파업 주동자로 구속되었다는 사실을 민수에게 들어 알고 있었지만 어떤 도움도 줄 수 없었다.

 '섹시 세 자매'의 노래는 계속 이어지고 있었다. 태호의 귀에는 이상하게도 그녀들의 노래가 그때 그 여공들이 목 놓아 불렀던 애달픈 합창 소리로 울려왔다. 내 맘에 설움이 알알이 맺힐 때 아침 동산에 올라 작은 미소를 배운다… 정부는 왜 그 노래를 부르지 못하게 했는지 알 수 없었다. 그래서 그 노래는 더욱 그들의 가슴을 울리고 분노를 삭이게 했는지 몰랐다. 그 노래는 부르기만 하면 절로 가슴에서 눈물이 흘러내리고, 맨주먹을 불끈 움켜

쥐도록 만들어, 허기도 외로움도 고통도 참게 만들어 주었었다.
 태호는 갑자기 숨이 턱 막혀왔다. 사방이 밀폐되어 공기라고는 전혀 스며들지 않는 공간에 갇힌 느낌이었다. 그는 가슴을 주먹으로 치며 튕기듯 자리를 박차고 일어났다. 축축한 어둠 속에 흩날리는 미러볼의 눈송이가 긴 혓바닥이 되어 그의 전신을 훑어내렸다. 질식할 것 같았다. 그는 재빨리 출입문을 찾아 화염 속에서 탈출하는 사람처럼 복도를 내달렸다.

 태호는 허청거리는 걸음으로 자기의 집이 있는 아파트 입구로 들어섰다. 밤이 꽤 깊어지고 있었다. 자정이 가까운 시간이었다. 상큼한 바람이 한 자락 달려와 그의 목덜미를 휘감았다. 가을이 짙어가고 있음을 깨우치는 바람이었다. 금정산 고봉으로 이어지는 낮은 산자락 아래 터를 닦아 세운 대규모 아파트 단지가 드러났다. 오래전 도심 정비 사업으로 쫓겨난 철거민의 이주를 위해 주택공사가 지은 지 30년 가까운 5층짜리 아파트 군락이었다. 낡고 퇴락한 아파트 건물들은 어둠 속에서 마치 병들어 웅크려 있는 거대한 짐승처럼 보였다.
 10여 년 전 아내가 지긋지긋한 셋방살이 끝에 급한 매물로 내놓은 그 아파트 한 채를 무리하게나마 사들여 입주하던 첫날, 뛸 듯이 기뻐하던 모습은 지금도 생생했다. 비록 18평 방 세 칸의 오래된 서민 아파트였지만, 아이들도 대저택인양 들뜬 얼굴로 만세를 불렀었다. 1층이라 계단을 오르내리는 위층 사람들의 발소리며 소란이 조금 거슬리긴 했어도, 그런 불이익을 보상하고도 남는 다른 프리미엄도 없지 않았다.

우선 아파트 앞뒤의 화단이나 공터를 마치 내 집 앞 뜰이나 뒤란처럼 무시로 들락거릴 수 있어 좋았다. 베란다 바로 앞쪽에 줄지어 선 은행나무, 복숭아나무, 무화과나무 등에는 무시로 새들이 무리 지어 날아와 재잘거렸다. 가끔 눈가에 하얀 테를 두른 동박새가 암수로 찾아와 청아한 목소리로 정겹게 듀엣으로 노래 부르기도 했다. 동백꽃의 꿀을 좋아한다는 동박새의 지저귐은 어머니가 유난히 좋아하셨다. 어머니가 허리를 다치신 후에는 1층에 살게 된 것을 더욱 다행으로 생각했다. 당장 거동이 불편해진 어머니는 계단 오르내리는 일을 가장 힘들어하셨기 때문이었다.

태호는 저만큼 자기 집 출입구가 바라보이는 자리에서 걸음을 멈추었다. 뒤에 남겨둔 채 도망쳐 나온 민수와 형석의 얼굴이 떠올랐다. 차라리 그가 비켜주어 저들끼리 맘껏 퍼마시고 취하고 노닥거릴 것이다. 서서히 취기가 가라앉고 있었다. 술집에서 나오자마자 제일 먼저 눈에 뜨이는 어떤 마트로 달려 들어가 선 채 생수를 병 나팔 불었던 게 비로소 생각났다. 어딘지도 모르고 한참을 더 혼자 거리를 헤매다가 지쳐서 집으로 돌아오는 참이었다.

집 출입구로 들어서자, 부엌 쪽 창문으로 불이 환하게 비치고 있었다. 식구들 모두 아직 잠자리에 들지 않았다는 증거였다. 좀체 드문 일이었다. 아내는 아이들이 밤늦도록 공부하는 것조차 좀체 허락하지 않았다. 특별한 일이 없는 한 자정 전에 잠자리에 들고 아침 일찍 일어나는 게 온 가족의 습관이었다. 가슴이 철렁했다. 혹시 집안에 무슨 변고라도 생긴 게 아닐까 해서였다.

현관 벨을 누르자 아내가 기다렸다는 듯 문을 열었다. 왠지 평소와는 다르게 웃음기 없는 그늘진 표정이었다.

"민수 씨랑 만난다기에 늦을 줄 알았는데 어쩐 일로 일찍 오셨네요."

"그냥… 어머니, 저 들어왔습니다."

아이 둘이 앞으로 쪼르르 달려왔다. 뒤에서 어머니도 소파에서 일어나 손자들의 등을 붙들며 구부정한 허리를 펴셨다.

"안 그래도 온 식구가 너 오기만을 기다렸다."

어머니도 뭔가 잔뜩 걱정 어린 표정이었다. 집안 분위기가 심상찮았다. 아무래도 무슨 일이 있었던 것이라는 직감이 들었다. 태호는 아내와 아이들의 얼굴을 번갈아 보며 다그쳐 물었다.

"집에 무슨 일이 있었던 거요?"

아내가 그제야 잔뜩 위축된 음성으로 말했다.

"저녁 9시경에 통반장이 같이 찾아와 화단에 키우고 있는 닭을 치우래요."

"닭을 치우라니? 지금까지 아무 말 없이 잘 키우고 있었잖아…"

뒤에서 작은놈이 나섰다.

"새벽에 닭이 소리 내어 울어서 수면에 방해가 된다고 이웃사람들이 항의를 한대요."

"……."

태호는 잠시 대답할 말을 잃고 말았다. 황당하고 난감했다.

지난 초여름, 아파트 부근의 재래시장을 지나던 어머니가 길거리에서 파는 병아리 세 마리를 사 오셨다. 그걸 아이들이 좋아라 뜀뛰며 온갖 정성을 다해 키웠다. 일주일 만에 기어이 한 마리가 눈감고 말았으나, 나머지 두 마리는 용케도 살아남았다. 1개월을 넘기며 날갯죽지가 두드러지기 시작했다. 정수리에 분홍빛 볏이 솟아나면서 차츰 닭의 모습을 드러내었다. 실내에서는 더 이상

키우기가 마땅찮았다.

태호는 일요일 하루를 빌어, 빈 사과 상자와 방충망 등을 구해 아이들과 함께 앞쪽 화단 공터에다 닭장을 만들어 놓았다. 닭장 안에는 홰도 가로질러 두었다. 2개월을 넘기면서 제법 의젓한 중닭으로 자랐다. 낮 동안 잠시 방사해 놓으면, 앞뒤 화단이나 공터로 휘젓고 다니며 먹이를 좇고 하루가 다르게 몸집을 불리고 있었다.

얼마 전부터는 꽤 큰 목청으로 소리내어 새벽을 알리기 시작했다. 옛날 어른들은 홰를 친다고 했다. 태호도 수탉의 청아한 울음소리에 문득 새벽잠에서 깨어날 때가 있었다. 참으로 오랜만에 들어보는 수탉의 울음소리였다. 그동안 수탉이 새벽을 알린다는 사실을 까맣게 잊고 지낸 그는 어릴 때 잃어버린 구슬을 다시 찾아낸 기분이었다. 그는 가슴 한구석으로 잔물결처럼 밀려오는 부끄러움과도 흡사한 감상에 젖어들어 스르르 다시 눈을 감곤 했었다.

"아버지, 우리 삐약이들 어떻게 해요?"

둘째가 다시 간절한 표정으로 태호의 얼굴을 쳐다보며 애처롭게 말했다. 병아리 때부터 가장 지극정성으로 키워온 아이가 둘째였다. 삐약이란 둘째가 병아리 때 붙인 애칭이었다. 태호는 둘째의 어깨를 다독여 주며 자신 없는 목소리로 대답했다.

"일단 우리 함께 좋은 방법을 생각해 보기로 하자."

"그래 이제 아버지가 오셨으니 모두 자리에 앉아서 의논하도록 하자."

아내의 말에 따라 식구들 전부가 거실에 빙 둘러앉았다. 가장 걱정을 많이 한 사람은 역시 둘째이고 다음은 어머니셨다. 큰놈은 병아리 티를 벗어나면서부터는 더 이상 커가는 닭들에 별다른 관심을 두지 않았다. 어머니는 낮 동안 닭장을 열어 닭들을 풀어 놓고 지켜보면서, 오랜 예전 시골서 손수 키우셨던 희미한 추억을 되새기며 정이 담뿍 든 모양이었다. 아내는 둘째가 마음의 상처를 크게 받을까 그게 제일 걱정인 것 같았다.

그러나 이웃 주민들이 한사코 반대한다면 키울 방법은 전혀 없었다. 공동생활을 하면서 이웃에 피해를 주는 일은 당연히 삼가야 옳았다. 둘째는 수탉의 울음소리가 수면을 방해한다는 말에 절대 동의할 수 없다고 했다. 숲이 가까운 아파트라 이른 새벽이면 새들이 떼로 몰려와 지저귀는 소리나 수탉의 울음소리나 무엇이 다르냐는 것이었다. 큰놈도 동생의 그 말에는 수긍했다.

하지만 수탉의 울음소리를 새소리나 다름없이 듣느냐 아니면 수면을 방해하는 소음으로 듣느냐는 전적으로 듣는 사람들의 취향에 달린 일이었다. 내가 듣기에 불편이 없다고 해서 남에게까지 억지로 같이 듣자고 강요할 수는 없는 일이었다. 그러므로 이웃 주민의 요구를 들어주는 것이 마땅하다며 아내는 둘째를 이해시키려 들었다. 둘째는 그럼 주민들을 설득해 보자며 거듭 물러서지 않았다. 그러나 통반장을 통해 주민들이 집단으로 요구한 것을 보면, 설득하기란 거의 불가능하다는 쪽으로 의견이 모아졌다.

결국 이튿날 닭들을 자유롭게 키울 수 있는 사람을 찾아서 넘겨주자는 쪽으로 최종적인 결론을 내렸다. 둘째는 훌쩍거리며 안타까워했으나 어쩔 도리가 없었다. 닭을 인계받아 키울 사람은 아내가 자기 학교 동료 교직원들 가운데서 찾아보기로 했다.

"참, 사람들이 왜 이렇게까지 정서가 메말라 버렸을까요? 수탉 울음소리가 수면을 방해한다는 게 당신은 쉽게 이해가 되요? 애들 앞에서는 차마 얘기할 수 없었지만, 나는 사실 수탉 울음소리를 들을 때마다 마치 내가 잃어버렸던 소중한 것 하나를 되찾은 기분이라 참 좋아했었는데…"

자정을 훨씬 넘겨서야 잠자리에 들어서 아내가 한숨을 섞어 말했다. 아내도 그와 비슷한 느낌으로 수탉의 울음을 들었던 모양이었다.

"메말라진 게 어디 정서뿐인가? 둘째 말마따나 새소리도 없애

달라고 구청에 민원 넣을 수도 있지 않겠어? 어서 잠에나 들자고…"

태호는 쉽사리 잠을 이룰 수가 없었다. 전등을 끄고 아내의 옆자리에 나란히 눕기는 하였으나 이상하게 머릿속이 환하게 불이 켜졌다. 그렇다고 달리 이런저런 생각들이 몰려오는 것도 아니었다. 그저 머릿속이 하얀 백지처럼 비면서 의식이 더욱 명료해질 뿐이었다. 가슴 속으로 모래바람이 서걱서걱 불어왔다.

태호는 마침내 일어나고 말았다. 아내는 이미 가볍게 숨을 몰아쉬며 잠들어 있었다. 그는 살그머니 이불 속을 빠져나왔다. 옷걸이에 걸린 평상복 바지와 점퍼를 주섬주섬 걸쳐 입었다. 도둑고양이처럼 발소리를 죽이며 거실로 나왔다. 아이들 방도 어머니 방도 이미 잠 속으로 빠져든 듯 조용했다. 그는 조심스럽게 신발을 찾아 신고 가만가만 현관문을 열었다.

사위는 묵처럼 빽빽하고 짙은 먹빛의 고요에 짓눌려 있었다. 태호는 출입구 포치를 벗어나 공연히 하늘을 바라보며 숨을 크게 몰아쉬었다. 반쪽으로 잘린 달이 구름 속에서 막 얼굴을 내밀고 있었다. 누군가 보이지 않는 손과 솜으로 목구멍을 꽉 틀어막는 기분이었다. 으악– 고함이라도 지르고 싶었다. 문득 가까이서 푸드덕거리는 소리가 들렸다. 바로 화단 쪽 닭장에서 나는 소리였다.

태호는 무심결에 닭장 쪽으로 걸음을 옮기고 있었다. 닭장 앞에 가만히 쪼그리고 앉아 안을 들여다보았다. 수탉 두 마리가 횃대에 나란히 올라 서로 몸을 기댄 채 죽은 듯이 잠들어 있었다. 그가 들은 소리는 아마도 환청이었던 모양이었다.

그는 닭장 속 수탉들을 한동안 지켜보며 소중한 것을 한순간에 빼앗긴 사람처럼 처연한 기분에 쌓였다. 일찍이 새벽을 여는 영물로 총애를 받았던 그들이었다. 어쩌다 너의 청아한 새벽 알림이 수면을 방해하는 소음이 되었다는 말인가. 갑자기 꽉 막혀있던 가슴 저 밑바닥에서 난데없는 분노와 적개심이 인화물질에 불을 붙인 듯 강렬하게 타올랐다.

그는 무엇에 끌린 사람처럼 닭장을 통째로 들어 올렸다. 갑작스런 충격에 수탉들이 잠에서 깨어 푸드덕거리고 날개를 털었다. 그는 닭장을 덜렁 들어 어깨 위로 둘러멨다. 그는 곧장 서두르듯 화단을 지나 아파트 단지를 벗어났다. 얼마 가지 않아 아파트 주민들이 아침저녁으로 즐겨 오르내리는 뒷산 산행길이 나타났다. 산허리 부근에 이르면 구청에서 설치한 여러 가지 운동기구가 갖추어진 생활체육 시설이 있었다. 그는 내친걸음으로 산행길로 올랐다.

통나무로 계단을 만들어 놓아 밤길인데도 산을 오르는 데는 크게 불편이 없었다. 평소에도 가끔 오르내리던 길이었다. 그러나 태호는 어깨에 멘 닭장의 무게에 눌려 얼마 못 가서 땀을 뻘뻘 흘리기 시작했다. 숨이 찼다. 산길 양편으로 소나무와 오리나무 등 잡목이 우거져 음산했다. 반쪽 달이 어둠을 흐릿하게 밝혀주어 그나마 다행이었다. 가끔 들쥐나 오소리들이 그의 발소리에 놀라 달아나는지 한참을 부스럭거리는 소리가 뒷골을 서늘하게 만들었다.

산허리 공터의 체육시설이 나타났다. 평행봉, 철봉, 역기 따위의 운동기구들이 어둠을 이고 둔탁하게 빛나고 있었다. 태호는 목젖까지 차오른 숨을 헐떡이며 힘겹게 닭장을 땅바닥에 내려놓았다. 비로소 그곳까지 닭장을 끙끙대며 메고 온 자기 모습에 스스로 놀랐다. 말로만 들었던 몽유병 환자가 된 것이 아닌가 했다.

잠깐 호흡을 가눈 그는 서둘러 닭장 문을 열었다. 구구거리는 수탉 중 한 마리를 두 손으로 날개를 틀어쥐어 잡아냈다. 놀란 수탉은 짧게 비명을 지르며 푸드덕거렸다. 그는 공터를 둥글게 에워싸고 있는 나무숲 쪽으로 조심스럽게 걸어갔다. 제멋대로 자란 나무들이 가지를 뻗어 서로 손잡고 흔들며 스산한 바람을 일으키고 있었다. 그는 손아귀를 벗어나려 버둥거리는 수탉을 아래 숲속을 향해 힘껏 날려 보내며 부르짖었다.

"그래 수탉들아, 너희들 마음대로 날아가 목청껏 울어라! 잠든 모든 사람의 귀청이 확 뚫어지도록 크게 울부짖어라!"

그는 나머지 수탉도 같은 장소의 숲 앞에서, 더 멀리 날려 보낼 듯 있는 힘을 다해 뿌리쳐 던졌다. 어쩌면 지금까지 그의 마음속 가장 깊은 곳에서 짓눌려 숨죽이고 있던 수탉들도 함께 풀어내 날려 보낼 듯했다. 그것은 비록 남들에게는 아무 쓸모가 없어도 그에게는 빼앗길 수 없는 값지고 소중한 것들이었다. 그는 더욱 큰 소리로 숲을 향해 호소하듯 부르짖었다.

"수탉들아, 온 세상이 깜짝 놀라 깨어나도록 소리를 질러라! 소리를 질러라! 소리를 질러라!"

씩씩거리며 숨을 몰아쉬는 그의 두 뺨으로 굵은 눈물이 걷잡을 수 없이 흘러내렸다. 반쪽 달이 회색빛 구름 속으로 느릿느릿 몸을 숨기고 있었다. 마치 땀과 눈물에 젖어 번들거리는 그의 처연한 얼굴을 감추어주기라도 하려는 듯했다.

모자란 여사의 황혼시대

행복동 '수정목욕탕' 여사장 모자란 여사는 동네 네일숍에서 김태욱의 전화를 받았다. 만개했던 벚꽃이 눈처럼 낙하해 바람에 쓸려 날리는 이른 봄, 나른한 오후 시간이었다. 부녀봉사회의 같은 멤버인 이웃집 박 여사와 동무하여 손톱 손질을 끝내고 마사지 서비스를 받고 있었다. 안마의자에 나란히 누워 느긋하게 잡담을 즐기는 중에 핸드폰 벨이 울렸다. 생판 처음 듣는 남자 목소리였다.

"엄청남 의장님의 사모님이시죠, 저는 한국셜록의 수석 정보사 김태욱이란 사람입니다."

모자란 여사는 직함이 애매하게 들려 고개를 갸웃했다. 혹시 전화 사기꾼일지 모른다는 생각에 부러 음성을 높였다.

"수석 정보사라? 그거 경찰이요 정보부요?"

"주위에 듣는 사람이 없나 조심하십시오!"

정중했던 저쪽의 목소리가 대번 달라졌다. 극도로 낮추고 힘주는 음성이 단호하고 위협적이었다.

"저는 의장님과 관련한 매우 긴요하고 위험한 정보를 전해드리고자 지금 '포유 커피숍'에 와 있습니다. 시간이 촉박해 10분 안에 오시지 않으면 돌아가겠습니다."

엄청남 여사는 핸드폰을 조심스럽게 귀에서 떼어냈다. 자리를 차고 일어나 의아해하는 박 여사에게 양해를 구하고 서둘러 네일숍을 나섰다. 그녀는 153센티의 작은 키에 150킬로그램을 넘나드는 고도비만의 육중한 체구였다. 커피숍은 걸어서 5분 거리였으나, 바삐 걷느라 그녀는 곧장 숨을 헐떡거렸다.

커피숍은 손님이라곤 달랑 남자 한 사람이었다. 그는 모자란 여사가 들어서자 자리에서 일어서며 아는 척을 했다. 그녀의 신상을 환히 꿰뚫고 있다는 암시였다. 그녀가 앞자리에 앉자 그는 명함부터 내밀었다. (사)한국셜록 수석 정보사 김태욱. 30대 후반으로 보이는 말쑥한 정장차림의 청년이었다. 용모가 훤칠했다. 모자란 여사는 단도직입적으로 물었다.

"위험한 정보라니 무엇이요?"

"혹시 최근에 의장님께서 여자가 생겼다는…"

"잠깐!"

모자란 여사는 단숨에 김태욱의 말허리를 잘랐다. 더 들어볼

것도 없었다. 첫마디에서 숨긴 속셈을 간파했다. 그녀는 턱의 군살로 덮인 짧은 목을 통해 울리는 걸쭉한 음성으로 상대를 압도하며 말했다.

"우리 화통하게 거래합시다. 수고비 걱정은 안 해도 좋소. 도대체 상대가 어떤 년이요?"

"무척 궁금하실 겁니다. 이 정보를 캐기까지는 저도 상당한 노력을 기울여야 했고…"

김태욱은 고수였다. 조금도 당황하거나 불쾌해하지 않고 느물거리는 웃음으로 말꼬리를 늘이려 들었다. 모자란 여사는 틈을 주지 않고 성마르게 목소리를 높였다.

"젊은 사람이 참 구질구질하게 구시네…! 서론 빼고 본론만 얘기해요, 피차 시간 아까우니!"

"하핫! 역시 의장 사모님다우시군요. 그럼 이실직고하겠습니다. 신속하게 경제적으로…"

김태욱은 노련했다. 그는 웃음을 잃지 않고 능청을 떨며 다탁 위에 놓인 서류봉투를 천천히 열었다. 내용물을 보물처럼 하나씩 꺼내 부챗살로 펼쳐놓았다. A4용지 4/1 크기로 확대한 사진들이었다. 그는 사진 속의 한 여자를 손가락질했다.

"바로 이 여자가 그년입니다, '부초'의 새끼마담 정소라!"

사진을 일별하던 모자란 여사의 눈썹이 꿈틀했다. 남편과 정소라가 낯익은 해변의 한 설치미술 작품 앞에서 만나고, 팔짱을 끼고, 걷고 있는 모습이 일목요연하게 드러났다. 두 사람이 알만한 어떤 유원지 벤치에 다정하게 어깨를 걸고 앉아있는 모습도 있었다. 그녀의 시선이 남편의 승용차가 한적한 교외의 한 모텔로 들어서는 사진에서 몇 초간 머물렀다.

"역시 그년이었군!"

모자란 여사는 탄식하듯 내뱉었다. 짐작은 하고 있었지만, 막상 눈앞에서 확인이 되자 자기도 모르게 터져 나오는, 배신감과 실망과 분노가 뒤엉킨 막다른 소리였다.

'부초'는 부산시의 관광명소인 '은정공원' 근처 대형 한식당이었다. 맛집으로도 널리 알려져 있었다. 소재지인 낙원구 의회 의원들을 비롯한 구청 간부들이 단골로 드나드는 곳이었다. 의회 의장 엄청남과 '부초'의 새끼마담 정소라와의 관계가 예사롭지 않다는 소문은 얼마 전부터 떠돌았다. 남녀 사이 불륜이란 고기 태우는 냄새를 닮아서, 아무리 감추려 애써도 어느 순간 스멀스멀 주변으로 흩어져 떠다니기 마련이었다. 하물며 낙원구 부녀봉사회 회장인 모자란 여사가 아주 낌새를 채지 못했을 리는 없었다. 구의원과 간부 공무원 부인들로 조직된 봉사회는 오가는 정보의 속도가 매우 빨랐다.

사진에서 눈을 거둔 모자란 여사는 추궁하듯 김태욱을 쏘아보았다.

"이걸 왜 내게 가져왔소? 의장한테 바로 들이대면 수고비도 더 많이 받아낼 텐데…"

"그거야 사모님 가정의 평화를 위해서죠."

"가정의 평화?"

"의장님께서 하루빨리 정소라와의 관계를 청산하고 사모님 품 안으로 컴백하도록 만들어야 하지 않겠습니까?"

"무슨 수로? 지금은 간통죄도 없어졌고, 치사하게 찾아가 머리끄덩이를 잡아챌 수도 없는 일이고…"

"그래서야 되레 주거침입과 폭력으로 고발이나 당하겠지요."

"그러니까 무슨 수로…"

김태욱의 두 눈에 반짝 전등불이 켜졌다.

"저와 함께 두 사람의 뒤를 추적해 불시에 불륜의 현장을 덮치는 겁니다. 소형 소화기를 준비했다가 침대 위에 엉켜있는 두 사람의 벗은 몸을 향해 분사하는 겁니다. 폭력보다 더 강렬한 충격적인 요법이지요. 상대방에게 공포와 수치심을 극대화시키고 스스로 물러서게 만드는 최상의 비법입니다. 제가 뒤에서 카메라 셔터를 요란하게 누르고 그때마다 플래시가 번쩍번쩍 터지면 효과는 배가됩니다. 지금까지의 경험으로 미루어 다시는 두 사람이 만날 엄두를 내지 못할 것입니다."

　모자란 여사의 모텔 습격 사건은 한동안 행복동과 낙원구 관가의 쇼킹한 화젯거리였다. 모텔 침대에서 알몸으로 부둥켜안은 엄청남과 정소라가 소화기의 허연 분말을 뒤집어쓰는 장면은, 전해 듣는 사람들에게 에로틱하고 생동감 넘치는 상상력을 촉발시켰다. 소문에 귀를 곤두세웠던 사람들은 모두 드라마틱한 그 사건의 다음 전개를 궁금해 했다.

　이상한 일이었다. 최초의 폭발력에 비해 그 사건은 별다른 후일담을 남기지 않은 채 흐지부지 잊혀져갔다. 역시 남의 흉은 사흘이면 충분했다. 어차피 남의 흉이란 방귀냄새 같아서 아무리 구려도 어느 순간 거짓말처럼 사라지게 마련이었다. 더구나 남녀의 불륜 이야기는 식상하고 흔해 빠진 소재였다.

　모자란 여사는 여전히 행복동 '수정목욕탕' 여사장으로 건재했다. 가끔은 목욕탕 카운터에 모습을 드러내, 특유의 넉넉한 웃음으로 낯익은 동민들을 맞이했다. 그녀는 가슴과 배와 허리의 경계가 모호하고 비만한 거구를 힘겹게 흔들면서도 상가의 단골 미용실이나 제과점 등에 들러, 평소나 다름없이 동민들과 어울려 담소하거나 농담을 주고받았다. 엄청남 역시 검은색 벤츠의 뒷자리에 파묻혀 구의회 의장실로 정상 출근하고 있었다. 겉모양으로는 그들 부부 사이에 어떤 파열이나 균열도 보이지 않았다.

'수정목욕탕'은 행복동 중심 상가에서 한 블록 뒤에 있는 5층 대형 건물이었다. 1층은 여탕, 2층은 남탕, 3층은 헬스클럽, 4층은 에어로빅 학원, 5층이 살림집이었다. 그곳은 원래 모자란 여사의 시가에서 대를 이어 일구어온 텃밭이었다. 70년대 초, 부산시는 거친 논밭뿐이었던 행복동 일대를 대대적으로 개발해 아파트 단지를 조성하고 종합운동장을 건설했다. 토박이였던 모자란 여사 시가의 텃밭과 논은 하루아침에 금싸라기 땅이 되었다. 그녀의 시아버지는 거액의 보상금으로 지금의 텃밭에 '수정목욕탕'을 세웠다. 시부모들은 벼락부자가 되었으나 부귀를 제대로 누려보지도 못하고 일찍 세상을 떠나고 말았다.

외동아들인 엄청남은 타고난 바람둥이였다. 가정을 이루어 남매를 두었으나 유전자는 바뀌지 않았다. 그는 부모가 남긴 부동산을 처분해 수산물 유통 사업을 한다며 전국을 떠돌았다. 그나마 다행이었던 것은 모자란 여사의 수중에 들어온 목욕탕 건물이나 수입은 넘보지 않았다. 가장으로서 최소한의 체면치레였고, 그것이 신의 한 수가 되었다. 그녀는 차곡차곡 모은 돈으로 80년대 부동산 광풍을 등에 업고 복부인으로 변신했다. 이웃 복덕방에서 길을 터주었다. 헐값에 나온 인근 부동산에 손맛을 들이다가 요령이 쌓이면서 영역을 넓혀갔다.

수년 사이, 모자란 여사는 시내 곳곳에 건물과 땅을 거느린 부동산 부자가 되어 있었다. 현금도 쌓여서 그때마다 동네 새마을 금고에 넣었다. 한편, 그녀는 꾸밈없이 소탈한 천성으로 동민들과 서슴없이 어울리며 친교를 넓히고 인심을 얻었다. 누구에게나 거리낌 없이 마음을 열고 고민이나 걱정에 귀를 기울여 주었다. 때로는 형편이 어려운 동민에게 앞장서 손을 내밀어 주고, 경조사에도 빠지는 일이 없었다. 기회 있을 때마다 경로당과 복지관을 찾아 회식을 베풀거나 돈봉투를 내밀어 놓았다. 뒤에서 복부인이라 숙덕거리는 이도 없지 않았으나, 호의와 신뢰를 보내는 동민이 많아서 저절로 묻혀버렸다.

엄청남은 오십 초반이 되어서야 탈탈 털린 빈손으로 집으로 돌아왔다. 그는 하릴없이 인근 상가를 기웃거리며 동네 사람들과 술추렴이나 내기 화투와 바둑으로 시간을 죽였다. 외지를 떠돌며 익힌 그럴듯한 입담과 허세로 동민들과 면식을 차차 넓혀갔다.

모자란 여사가 동민들 사이에 오랫동안 심어둔 온정과 후덕의 부피가 그의 지난 허물을 상쇄하고 덮어주었다.

엄청남은 최고액 예금주인 아내 덕분에 새마을금고 이사 자리에 앉게 되었다. 이어 이사장직에 올라 세 번을 연임했다. 자연스럽게 지역 유지로 입지를 다지며 지역구 출신의 시의원이나 국회의원과 연줄이 닿았다. 돈과 권력의 위력과 단맛을 깨우치기 시작한 그는, 구의원 후보 공천을 받아내는 민첩한 수완을 발휘했다.

남편이 의장이 되자 모자란 여사의 일상에도 변화가 일어났다. 미용실과 의상실을 오가며 몸매를 가꾸고, 남몰래 TV 교양강좌를 청취하며 견식을 넓히려 애썼다. 남편의 지위에 걸맞은 품위를 갖추려면 남다른 데가 있어야 한다고 믿었다. 다만 고도비만의 체구가 문제였다. 그녀는 원래 신장이 작아도 균형이 잡힌 날렵한 몸매에 귀염성스러운 달걀형의 얼굴이었다. 남매를 낳고 남편이 집 밖에서 떠돌던 무렵부터 서서히 체중이 늘어나기 시작해 순식간에 뚱보로 변했다. 그녀는 다이어트를 하느라 절식과 단식, 한·양방 약물 처방과 헬스는 물론 지방제거 수술까지, 각고의 노력과 백방의 비법을 동원해 보았으나 모두 허사였다.

모텔 사건이 터지고 4~5개월이 지난 후였다. 모자란 여사는 서면 번화가에서 유명 주방기기 대리점을 열고 있는 아들을 찾아갔다. 전에 없었던 일이었다. 아들은 마침 거래처 사람과 점심을 나누고 헤어진 뒤라, 소파에 기대앉아 이빨을 쑤시며 태평한 휴식을 즐기고 있었다.

"어어, 엄마가 여기 어쩐 일?"

"왜 여기는 엄마가 오면 안 되냐?"

"개업하는 날 이후론, 그러니까 5년 만에 처음이니까."

아들과 마주 보며 의자에 앉은 모자란 여사는 대리점 내부를 훑어보았다. 신장개업을 하던 5년 전 일이 떠올랐다. 피자, 제빵, 중화요리 체인점을 한 해 걸러 번차로 말아먹은 뒤에, 마지막이라며 문을 열어준 대리점이었다. 지금까지 용케 버티고 있어서 다행이다 싶었다. 실내엔 주방 조리대부터 식탁과 식탁용 의자, 식기걸이, 청소용품 등이 맵시 있게 진열되어 있었다. 출입구 쪽 상담 테이블엔 남자 직원 하나가 손님을 맞아 카탈로그를 펼쳐 보이며 설명하고 있었다. 그녀는 아들에게 시선을 돌리며 흡사 남의 일처럼 무심하게 말했다.

"나, 네 아버지랑 갈라서기로 결정했다."

"뭐, 엄마, 방금 뭐라고 하셨어?"

"야가 지금 갑자기 귓구멍이 막혔나! 나, 너 애비와 갈라선다고. 방금 법원에서 마지막 정리 끝내고 나오는 길이야. 마침 법원이 바로 이웃 아니냐. 너한테는 먼저 일러두어야 할 거 같기도 하고…"

"기가 차서… 지금 그게 말씀이라고 하시는 거요?"

"말씀이 아니면 소씀이냐… 며느리나 괴정 김 서방네에는 당분간 비밀이다. 그렇게 알고, 나는 갈란다."

"아니, 엄마 이러시는 게 아니지… 잠시 더 앉아 봐요!"

아들의 언성이 높아졌다. 모자란 여사는 소맷자락을 부여잡는 아들의 손을 뿌리치며 자리에서 일어났다.

"큰소리로 소문낼 일은 아니다. 장사나 열심히 해라, 나는 가신다…"

"아버지는?"

"그 인간 행방을 내가 어떻게 알아…"

모자란 여사는 돌아섰다. 무거운 몸을 움직이느라 두 팔을 휘적거리며 출입문 밖으로 나섰다. 도로변 저만큼 세워둔 그녀의 승용차가 보였다. 아들은 오지게 한 대 맞은 사람의 표정으로 제자리에 굳어서, 부푼 풍선 인형처럼 허청거리는 어머니의 뒷모습을 지켜보고 있었다. 아무도 말릴 수 없는 어머니임을 그는 알았다.

모자란 여사와 엄청남 사이에는 남매가 있었다. 오빠인 아들은 모자란 여사와 함께 '수정목욕탕'의 5층 살림집에서 함께 살고 있었다. 제 아버지를 빼닮은 녀석은 어릴 때부터 소문난 말썽꾸러기였고, 덩치가 커지면서 못 말리는 사고뭉치로 변했다. 몇 번의 입학, 정학, 전학을 반복하며 간신히 고등학교를 졸업했다. 어떻게든 대학교엘 진학시켜 보려고 삼수까지 시켰으나 실패했다. 그해 아들은 대학 입학 대신 입시학원에서 만난 여학생과 결혼식을 올려야 했다. 수능시험이 코앞에 닥친 어느 날, 여학생의 부모가 임신 5개월째인 그녀의 머리채를 휘어 쥐고 집으로 쳐들어왔기 때문이었다. 지금 그 며느리가 목욕탕 카운터를 지키고 있었다. 며느리가 생각보다 발랑 까지지 않아 한숨 놓았지만 신혼초에 사산하고 나서는 아이가 없었다. 아들 부부는 다시 자식 가질 생각이 없어 보였다.

모자란 여사의 딸은 말썽 없이 잘 자라주었다. 하필이면 엄마를 닮은 작은 신장 때문에 불평이 끊이지 않았으나, 크게 걱정시킬 일은 저지르지 않았다. 가끔 시집온 올케언니 곁에서 목욕탕 카운터를 지키고 있는 딸을 두고 이웃 사람들은 키득거리며 귓속말을 나누었다. '자는 아무래도 이 집 종자가 아일끼라. 요새 거 머라카노 진짜 자식인가 가짜 자식인가를 가리낸다 카는 검사를 해보면 알기라.'

모자란 여사는 소문난 중매쟁이를 동원하여 의사 사위 보기를 소망했다. 용케도 고아나 다름없이 자란 가난한 수재 치과의사를 찾아냈다. 그녀는 딸을 결혼시키자마자 괴정동의 신축 고가 아파트에 보금자리를 마련해 주고, 더하여 신혼집에서 가까운 괴정 로터리 요지에 치과의원을 개원해 주었다. 치과의원은 성업 중이며 딸은 쌍둥이 아들을 낳아 기르고 있었다.

 아들의 대리점을 나선 모자란 여사는 곧장 광안리 '해풍호텔'로 향했다. 그녀는 지하주차장에 차를 세우고 1층 로비의 커피숍으로 올라갔다. 도로를 건너 바다를 마주한 커피숍 안은 한산하고 안온했다. 평일이어서인지 빈자리가 많았다. 그녀는 구석에 자리를 잡아 앉으며 실내를 두르르 살폈다. 시계를 확인했다. 약속보다 20분이나 일찍 도착한 셈이었다.

 모자란 여사는 눈을 스르르 감으며 은은하게 휘감아오는 음악에 귀를 맡겼다. 1미터가 겨우 넘는 기형의 몸으로 전설의 바리톤이 된 크바스토프의 재즈 연주였다. 가슴 깊은 곳에서 맑은 개울물 한 줄기가 흘러갔다. 너무 오래되어 빛이 바랜 회억의 조각들이 물살 위로 떠올랐다. 외삼촌이 주선한 맞선 자리에서 엄청남을 처음 만났던 때가 아른거렸다.

 모자란 여사의 아버지는 그녀가 태어난 해에 돌아가셨다. 아무 연고 없이 떠돌며 살아온 아버지는 한국전쟁이 남긴 고아였다,

그녀의 어머니는 그녀가 첫돌을 넘기자 개가해 멀리 떠나버렸다. 다소 넉넉한 집안이었던 외가에 맡겨진 그녀는 외할머니 품에서 자랐다. 세 명의 손위 외사촌들 속에서 차별 없이 소녀기까지 잘 보냈다. 고등학교를 졸업하던 해에 외할머니가 돌아가셨다. 가업이었던 외삼촌의 정미소와 떡집에 고객이 점차 줄어들며 문을 닫아야 했다. 그녀는 궁색해지기 시작한 외삼촌과 지병을 앓는 외숙모를 돕느라 대학 진학을 포기했다.

어느 날 외삼촌이 모자란 여사에게 맞선을 보라고 권했다. 느닷없는 제안이었지만 기우는 가세의 외삼촌 의중을 헤아린 그녀는 두말없이 맞선 자리에 나갔다. 엄청남은 우선 덩치가 커서 남자다웠고 용모도 나무랄 데 없었다. 시부모들이 농군이긴 하지만 마을에서 부자로 소문나 있었다. 외동아들이라는 게 께름칙했으나 굳이 핑계 댈 염치가 없었다. 결혼으로 이어졌다.

"일찍 오셨군요."

모자란 여사는 잠시 감았던 눈을 떴다. 김태욱이 호위무사처럼 앞에 우뚝 서있었다. 그는 마주 앉으며 실내 공기가 탁하다는 듯 윗도리 단추를 풀어 헤쳤다. 한창 의욕이 넘치는 젊은 사내의 활력이 풍겨 왔다. 그는 두툼한 서류봉투를 탁자 위에 올려놓으며 보고했다.

"재산분할 합의는 의도대로 잘 마무리했습니다. 이제 법원의 최종 선고만 남은 셈입니다."

"수고했어요."

"무슨 새삼스럽게요."

"김태욱 씨 아니었으면 이번 일을 나 혼자 어떻게 처리할 수 있었겠소."

김태욱은 다소 쑥스러운, 그러나 매우 만족해하는 웃음을 표정에 담았다. 모자란 여사는 진심으로 고맙게 생각하고 있었다. 모텔 소화기 사건 이후, 그녀는 통분한 가슴을 쥐어뜯으며 며칠 밤을 뜬눈으로 지새웠다. 졸지에 등을 찔린 쓰라린 배신감과 울화에 이어, 벌판에 홀로 내동댕이쳐진 막막한 슬픔과 외로움으로 숨통이 조이는 날들이 이어졌다.

어느 순간, 모자란 여사는 깨달았다. 벼락처럼 내려치는 깨달음이었다. 자신이 허깨비였다는 깨달음! 지금까지 살아온 자기의 삶이 모두 허깨비였다는 깨우침은 전신을 떨리게 했다. 다시 살고 싶었다. 이제부터라도 진짜인 삶을 살아보고 싶었다. 가슴에 뜨거운 불길이 일어났다. 이혼을 결심했다. 김태욱을 불러냈다. 자기의 생각을 털어놓고 의논할 상대가, 자기편이 되어 손잡아줄 사람이, 당장에는 그 말고 달리 생각나지 않았다.

김태욱은 모자란 여사의 기대 이상으로 그녀의 신실하고 충직한 손발이 되어 주었다. 그는 재치와 수완이 뛰어났으며, 그녀의 상처받은 마음을 따뜻하게 위로해 줄줄 알았다. 그는 이혼소송에 필요한 각종 서류의 작성에서부터 재판의 진행에 이르기까지 빈틈없고 능란한 솜씨를 발휘했다. 그는 그녀와 엄청남 사이의 이견과 의견을 무리 없이 조정하고 합의로 이끌었다. 흠잡을 데 없는 성실한 대리인이자 대변인의 역할을 충직하게 해냈다.
　김태욱은 봉투 속에서 서류 하나를 따로 꺼냈다.
　"아파트 계약도 모두 끝냈습니다. 서울 사람이 별장처럼 쓰고 비워둔 집이라 언제든지 입주가 가능합니다."
　"내부 시설은?"
　"그렇지 않아도 전문 인테리어 업체를 물색해 디자인을 의뢰해 놓았습니다."
　"스시 집 개업 준비는 잘 돼가고 있고요?"
　"공정률이 90프로 넘었습니다. 두 주 후이면 문을 열 수 있을 겁니다."
　모자란 여사는 자기가 입주할 아파트 인근 상가의 점포 하나를 김태욱의 이름으로 매입해, 요즈음 한창 뜬다는 프랜차이즈 일식당을 열도록 했다. 3천 세대가 넘는 대단지 아파트와 해변으로 뚫린 넓은 도로를 끼고 있는 상가는, 항상 인파로 붐비며 성시를 이루었다. 두 사람이 아파트를 처음 둘러보던 날이었다, 상가 앞에서 문득 걸음을 멈춘 모자란 여사가 흘리는 말처럼 그에게 제안했다.

"상가가 굉장하네. 여기 점포 하나 사서 김태욱 씨에게 선물할까?"

"네에 무슨 말씀인지?"

김태욱의 놀란 눈이 사발만 해졌다. 모자란 여사는 정색했다.

"그동안의 수고에 대한 보답이야. 이제 심부름센터 일 그만둘 때도 됐잖아. 세월 빨리 지나가고 말아, 곧 중년을 맞게 될 테고, 그러면 바로 나처럼 노년으로 들어서게 돼. 얼른 안정된 자리 잡아 결혼도 해야지. 내가 이곳에서 살게 되면 옆에서 든든한 후원군도 되어 주고…"

모자란 여사는 이래저래 김태욱을 거듭 만나게 되면서, 그가 남처럼 여겨지지 않았다. 마치 혈육 같은 생각이 들기도 했었다. 자기의 말이 떨어지기 무섭게 무슨 일이든 고분고분 재빨리 처리해 주는 그가, 마치 막내 남동생처럼 막역하게 느껴졌다. 항상 자기와 가까운 곳에 잡아두고 든든한 의지가지로 삼고 싶은 게 진심이었다.

강원도 벽촌 빈농가 다섯 형제의 막내로 태어난 김태욱은, 고등학교를 졸업하던 해 도망치듯 고향을 등졌다. 서울로, 대전으로, 대구로 몇 년을 떠돌았으나 빈손이 거듭되었다. 처음엔 바다 구경이라도 실컷 해보자며 부산으로 내려왔다가 얼떨결에 심부름센터에 몸을 맡기게 되었다. 8년 넘게 지났으나, 그예 쪽방 신세를 면치 못하고 지냈다. 남의 꽁무니를 뒤쫓으며 염탐꾼 노릇을 하는 동안 허풍과 허세만 잔뜩 늘었다. 그러나 그는 의외로 여리고 따뜻한 속마음을 감추어 두고 있었다. 모자란 여사의 눈에는 그렇게 보였다.

모자란 여사의 이혼 소식은 행복동 주민들을 큰 충격에 빠뜨렸다. 더욱이 그 사실이 한참 뒤늦게 일간지의 보도로 알려져 놀라움은 더했다. 기사를 보고서야 절친했던 동민들이 목욕탕으로 달려갔다. 그녀가 야반도주하듯 마린시티 아파트로 짐을 옮겨버린 다음이었다. 워낙 극비리에 이혼소송을 진행해 결정된 일이라 동민들은 전혀 눈치채지 못했다.

달포나 지나고 소문이 점차 수그러들기 시작하던 무렵, 엄청남도 온천동의 한 신축 아파트로 짐을 옮겨나갔다. 기다렸다는 듯 정소라와 동거에 들어가, 잠시 동민들의 입 도마에 오르내리기도 했다. 그는 동거 조건으로 그녀에게는 50평대 아파트를, 그와는 별도로 30평 아파트와 가게 하나를 그녀의 가난한 친정에 헌정해야 했다.

'수정목욕탕'의 굴뚝에선 하루도 거르지 않고 연기가 솟았다. 목욕탕은 모자란 여사의 아들과 며느리 몫이 되었다. 뒤에 알려진 바로는, 모자란 여사의 이혼 무렵에 아들의 대리점은 거액의 채무로 파산 직전에 있었다고 했다. 해외 원정 도박으로 지하조직에 발목을 잡힌 때문이라는 설도 있었으나 확인되지는 않았다.

모자란 여사는 입주와 동시에 마린시티 아파트의 부녀회에 가입했다. 그녀는 타고난 붙임성을 발휘해 회원들을 비롯한 이웃 주민들과 빠르게 안면을 넓히고 친밀도를 높이려 애썼다. 그녀는 입주민 부녀들이 단골로 드나드는 인근 파라다이스 호텔의 피트니스클럽에 가입해 다이어트를 시작했다. 그녀는 이제 거칠 것이 없었다. 김태욱을 앞세워 골프에 입문했다. 실내 골프장 코치의 지도를 받은 지 한 달여 만에 필드로 진출하였고, 부녀 골프클럽에 가입했다. 승용차도 최신형 포르세로 바꿨다. 그녀는 수개월 사이에 주민들의 누구도 무시 못 하는 존재로 부상하였다.

더욱 놀라운 사실은, 모자란 여사 몸매의 눈부신 변신이었다.

피트니스 센터의 트레이너가 짜준 매뉴얼에 따라 눈물겹게 강행한 다이어트 운동 덕분이었다. 150킬로그램에 육박하던 뚱보가 일 년 사이에, 60킬로그램의 몸매를 만드는 경이적인 기록을 세웠다. 몰라보게 날씬해진 몸매도 몸매지만, 얼굴 윤곽도 전면 성형을 한 사람처럼 예전의 귀염성스러운 달걀 모양을 되찾았다. 비슷한 노력에도 다이어트에 실패한 많은 회원이 혀를 내두르며 부러워했다.

모자란 여사가 상가의 일식당 사장 김태욱과 내연의 관계라는 사실은 진작 알려졌다. 아파트 주민이나 부녀회의 누구도 그들을 수상한 눈으로 보지 않았다. 사생활의 보호와 차단이 철벽같은 고급 아파트 주민답게, 남의 사생활에도 무관심하고 대범하고 너그러웠다. 부유한 고령의 여자와 한참 연하인 남자와의 동거 따위는 아무 허물이 되지 못했다.

김태욱은 일식당에 이어 해운대 한 호텔 대형 중화요리점을 인수하고, 신장개업해 주변을 놀라게 했다. 실내 장식에 10억 이상을 투자한 초호화 중식당으로, 자장면 한 그릇이 일반 중식당 탕수육 값이라는 최고급 식당으로 소문났다. 그의 일식당도 크게 인기를 끌고 성업 중이어서, 그의 사업 확장 기세는 경이로운 데가 있었다. 배후에 든든한 전주가 없이는 불가능한 일이었고,

그 전주가 모자란 여사일 것이라 모두 짐작했다. 그녀가 아파트의 내노라고 힘주는 부유층 부녀들 사이에서도 전혀 주눅 들지 않고 당당한 이유이기도 했다.

모자란 여사가 아파트에 입주해 3년으로 접어드는 이른 봄이었다. 괴정동 치과의사의 사모님인 그녀의 딸이 모처럼 엄마를 찾아왔다. 이혼한 엄마의 아픔을 위로한다고 쌍둥이 아들들의 뒷바라지도 미룬 채 한동안 매일 같이 들리던 딸이었다. 시간이 지나면서 발길이 뜸해지더니 최근엔 전화조차 없었던 터였다. 저마다 살아내기에 바쁜 세상이니 새삼 섭섭하게 생각할 일도 아니었지만, 모자란 여사 또한 딸이나 외손자들을 챙겨볼 겨를이 없었다. 새롭게 만들어 가는 자신의 삶을 누리기에도 시간이 부족했다.

"그동안 얼굴이 아주 활짝 폈네. 삼십 대 같아. 누구랑 연애하우?"

"이년이 오랜만에 찾아와서 어미 앞에서 내뱉는 소리 하고는…"

"흠흠, 곳곳에서 남자 냄새가 나는데…"

딸은 응접실 내부를 휘돌아 살피며 냄새 맡는 시늉을 했다. 모자란 여사는 눈을 흘기며 눙치듯 말했다.

"왜, 나는 연애하면 어디 덧나니?"

"남자가 지겹지도 않으시우?"

"암수가 끌리는 건 하늘이 내린 본능이야."

그런데 웬일로 딸의 표정이 갑자기 변하는가 하더니, 무너지듯 제 어미의 무릎에 얼굴을 파묻었다. 이어 폭발하는 통곡으로 격렬하게 어깨를 떨며 부르짖었다.

"엄마아! 나 이제 어떻게 살아요."

모자란 여사는 어이없고 황당하여 딸을 부둥켜안았다.

"무슨… 대체 무슨 일이 생긴 거니!"

"김 서방이 글쎄… 김 서방이 글쎄!"

사흘 전, 남편 김 서방이 밤새 집으로 들어오지 않더라고 했다. 지금까지 외박이라곤 몰랐던 사람이었다. 새벽같이 핸드폰과 치과의원으로 수십 번 전화를 넣었으나 불통이었다. 쌍둥이 아들들을 등교시킨 후 의원으로 달려갔다. 놀랍게도 문이 굳게 닫혀 있었다. 이웃에 물어보았으나 영문을 아는 사람은 아무도 없었다. 딸은 거듭되는 불길한 예감으로 온몸을 덜덜 떨며, 동료의사들의 전화번호를 찾아 핸드폰 자판을 마구 눌렀다. 진상은 금방 드러났다. 동료들은 하나같이 남편이 신평 신시가지에 치과 전문 병원을 개업하기 위해 지금의 의원을 양도한다고 알고 있었다. 마른하늘의 날벼락이었다.

혼미한 정신으로 집으로 돌아온 딸 앞으로 우편물 하나가 기다리고 있었다. 남편이 미리 작성해 남긴 편지였다. '같이 일하던 간호사와 함께 미국으로 떠난다. 정말 미안하다, 아이들 생활비는 미국에서 정착하는 대로 보내 주겠다. 용서해라. 자기로서도 어쩔 수 없는 운명적인 선택이었다.'라고 간결하고, 단정하게 적혀 있었다.

"이게 말이 되니… 병원을 처분하도록 몰랐다니 말이 되느냐고… 무슨 낌새라도 차렸어야지 이년아!"

모자란 여사는 눈앞이 캄캄해졌다. 딸은 정말 몰랐다고 했다. 사위는 매우 모범적인 가장이었고, 평판 좋은 치과의사였다. 도망쳤다는 날 아침에도 평소나 다름없이 같은 침대에서 자고 일어나 가족들과 아침 식사를 했으며, 아내가 매어주는 넥타이 차림으로 출근했다. 사위와 같이 도망쳤다는 간호사는 동료 의사의 조카였다. 간호대학을 졸업하던 해부터 사위 아래서 일을 도왔다. 사위를 따라 가끔 딸의 집에도 들리곤 하여, 쌍둥이 손자들도 누나라며 따르고 좋아했다. 그렇게 발등은 노상 믿는 도끼에 찍히는 법이었다.

사위는 편지봉투에 미리 작성한 이혼서류를 동봉하고, 대리인 변호사 선임까지 정해두었더라고 했다. 그뿐이 아니었다. 그는

살던 아파트를 담보로 시세의 80프로를 융자 받아 도피자금에
보탠 사실이 뒤늦게 밝혀졌다. 딸은 통곡을 멈추지 못하고 울부짖
었다.

"엄마, 나 이제 집도 없어… 어떻게 하느냐고…"
"이것아, 당장 집이 문제니…"

모자란 여사는 피를 토하듯 함께 울부짖으며 딸을 끌어안았다.
자기가 간택하고 딸을 밀어붙여 결혼시킨 사위였다. 눈앞에 벌어
진 사단이 모두 자기 탓인 것만 같았다.

모자란 여사가 딸을 겨우 진정시켜 돌려보내고 나자 어느새
해가 기울고 있었다. 넋 잃은 사람이 되어 소파에 몸을 묻고 있으
려니 한숨만 나왔다. 그녀는 일어나 실내등을 켜고 마시다 남겨둔
양주병을 찾아냈다. 식탁에 엉덩이를 걸치고 앉아 글라스에 술을
따랐다. 거푸 석 잔 너머 들이켰다. 식도를 타고 내려간 술이 뱃속
에서 불을 지를 즈음이었다. 현관 벨을 누르는 소리가 들렸다.
아마도 김태욱일 거니 생각하며 허청거리는 몸을 일으켰다.

실내 수신 화면에 나타난 얼굴을 알아보자, 모자란 여사는 뒤로
넘어질 듯 자지러지게 놀랐다. 며느리였다. 의외의 방문이었고,
첫눈에도 눈물이 범벅이 된 얼굴이었다. 딸이 남기고 간 충격에
더하여 이상하게 불길한 생각이 크고 검은 악마의 손바닥처럼

덮치며 가슴이 뛰기 시작했다.

"네가 웬일로?"

"어머니, 이제 우리 어떻게 살아요."

며느리는 들어서기 무섭게 모자란 여사의 품으로 쓰러져 안기며 울부짖었다. 절벽 아래로 굴러떨어지는 절망적인 울부짖음이었다.

"오빠가 목욕탕을 통째 날려 먹었어요."

아들은 이혼한 부모가 각자 딴 살림을 차리고 나가자, 서면의 주방기기 대리점을 정리하고 집안에 틀어박혔다. 안방 하나를 차고앉은 그는 밤낮없이 컴퓨터만 안고 지냈다. 처음엔 주식에 손을 대다가 이어 선물 투자에 맛을 들이기 시작했다. 대리점을 접고 얼마간의 남은 돈을 밑천 삼아 때로는 이익을 남기기도 하고, 더 큰 손실을 보기도 했다. 그는 점점 일확천금의 유혹에 이끌려 베팅 규모를 키워 갔다.

대박을 꿈꾸며 아들이 올인을 감행한 종목이 곤두박질치다가 산산조각이 났다. 눈이 뒤집힌 그는 며느리 몰래 목욕탕을 저당 잡혔다. 종내에는 사채까지 끌어다 썼다. 그는 컴퓨터 자판을 최대치의 템포로 드럼을 치듯 두들겼다. 나락으로 떨어지기는 순식간의 일이었다. 부채를 독촉하던 채권자들의 인내심은 한계가 있었다. 목욕탕으로 법원 집달리가 들이닥쳤다. 험상궂은 사내 몇이 위협적인 무력시위를 벌이며 건물을 접수하겠다고 으르렁거렸다. 그제야 며느리는 온 가족이 길바닥으로 쫓겨나게 되었다는 사실을 감지하고 까무러치고 말았다.

엄청난 여사는 며느리의 하소연에 어안이 막혔다. 며느리를 달래줄 어떤 위안의 말도 떠오르지 않았다. 되레 스멀스멀 울화가 치밀어 오르기 시작했다. 팔난봉으로 떠도는 남편 때문에 기댈 곳 없던 그녀의 자식 사랑은 끔찍했었다. 자식들을 위한 일이라면 물불 가리지 않고 나섰다. 가정을 꾸려주고 남들 부럽지 않게 살아갈 기반까지 만들어 바치며 자신의 지난 삶을 죄다 보냈다. 그럼에도 이제 겨우 제대로 된 자기의 삶을 누려보려는 늙은 어미 앞에 나타나, 울며불며 매달리는 자식들이 비로소 가당찮게 느껴졌다. 모자란 여사는 강하게 고개를 휘저었다. 아니다 라고, 모질게 마음을 사려 먹었다. 그녀는 차갑고 단호하게 며느리를 내쳤다.

"나도 더 이상 너희들 도와줄 여력이 없다. 네 시아버지나 찾아가 봐라. 갈라서면서 당감동 대지와 집 한 채를 주고 나왔다. 내가 가진 재산이라곤 이 아파트 한 채뿐이다."

"어머니, 그 땅과 집은 벌써 처분해 작은어머니 댁 아파트 사주고 가게 열어 주었어요."

며느리의 울먹거리는 대답에 엄청난 여사는 새삼 분통이 터져 올랐다.

"뭣이라고, 그 썩을 인간이… 그게 내가 어떻게 만들어 놓은 재산인데…"

모자란 여사는 며느리를 빈손으로 돌려보냈다. 다시는 거들떠보지도 않으리라 입술을 악물었다. 그러나 잠시뿐이었다. 후회가 밀려왔다. 가련하고 불쌍한 생각에 송곳으로 찌르듯 가슴이 아프고 저렸다. 자기 배 안에서 키워 세상에 내놓은 자식들이었다. 그들의 불행과 파국을 팔짱끼고 외면하기에는 모성 본능이 견디지 못했다. 그녀는 마지막 재산인 남포동 5층 빌딩을 처분하기로 결심했다. 거기서 들어오는 월세가 그녀의 생활비였으나 달리 묘안이 없었다.

모자란 여사는 김태욱에게 사실을 털어놓고 대책을 의논했다. 그는 첫마디에 아무 걱정 말라고, 자기가 있지 않느냐고, 자기가 앞으로의 생활은 물론, 당면하고 있는 문제들도 자기가 나서서 해결하겠다며 위로했다. 진작 그런 제안을 하려 작심하고 있었으나 그녀의 자존심을 다치게 할까 봐 미루고 있었다고 했다. 그녀는 고맙고 믿음직하고 뿌듯했다.

김태욱은 사업 규모를 키우느라 분주한 나날을 보내는 와중에도 그녀에게 변함없고 빈틈없는 애정을 보여주려 애쓰고 있었다. 그는 해외 투자자들과 손잡고 송도 해변의 한 호텔 대형 레스토랑 인수를 추진하고 있었다. 사업 파트너들과 태국으로 친목 골프 원정을 나갔던 얼마 전에는, 시간마다 영상통화를 보내 그녀를 가슴 벅차게 만들었다.

모자란 여사의 건물은 부동산사무소에 내놓자마자 인수자가 나타났다. 계약과 매각은 재빨리 순조롭게 이루어졌다. 그녀는 아들과 딸에게 각각 아파트를 새로 마련해준 것은 물론, 당장 가족들의 생계를 이어갈 응급대책을 세워주느라 거의 달포를 정신없이 뛰어다녔다.

모자란 여사는 예전의 일상으로 돌아왔다. 걱정거리를 털어내고 몸을 추스르긴 했으나 한동안은 혼이 빠진 것처럼 지냈다. 며칠을 침대에 누워 뒹굴던 그녀는 겨우 몸을 일으켜 베란다로 나갔다. 모처럼 창문을 열어젖히고 쪽빛으로 갠 하늘을 멍때리며 올려다보았다. 그동안 포대기 같은 구름으로 덮힌 날씨에 최악의 미세먼지 경보가 내려 노상 창문을 닫고 지내야 했었다. 그녀가 길게 심호흡을 내뱉고 기지개를 켜는데, 응접실 쪽에서 핸드폰 벨소리가 요란하게 울려왔다. 통화 모드로 바꾸자 생판 귀에 선 남자의 목소리가 왕왕 울려 왔다.

"모자란 여사이시죠. 저는 한국셜록의 수석 정보사 금석훈이라는 사람입니다."

"방금 수석 정보사라고 했소?"

모자란 여사의 심장박동이 가파르게 뛰어올랐다. 5년 전, 전남편의 불륜 사실을 밝혀주던 김태욱의 모습이 생생하게 떠올랐다. 불길한 느낌이 뜨거운 물처럼 끼쳐왔다. 언제부터인가 안개처럼 흐릿한 불안이 가슴 한구석으로 고개를 내밀곤 했으나, 그녀는 못난 자식들 때문이거니 예사롭게 생각했었다. 막연했던 그 불안의 정체가 지금 드러나고 있음을 직감했다.

"그렇습니다. 김태욱 사장님과 관련해 아주 중대하고 위험한 정보를 제공해 드리려고…"

"거기가 어디요?"

"파라다이스 호텔 커피숍입니다. 사모님께서도 이곳 피트니스 클럽 회원이시지요?"

그 남자는 모자란 여사의 신상을 환히 꿰뚫고 있는 것 같았다. 모자란 여사는 승용차로 10분 거리인 호텔로 성급히 달려갔다. 커피숍 실내를 두리번거리자 맨 구석 자리에서 검은 안경을 낀, 껑충하게 키 큰 남자가 벌떡 일어서며 알은체했다. 그녀가 앞자리에 앉자 그는 정중하게 허리를 굽히며 명함을 내밀었다. (사)한국 셜록 수석 정보사 금석훈. 옛날의 김태욱과 다르지 않은 건장한 청년이었다. 그녀는 명함을 본 척도 않고 단도직입적으로 물었다.

"결론부터 말합시다. 김태욱이 딴 여자와 살림이라도 차렸소?"

청년은 마치 그러기를 예상했다는 듯 여유롭게 웃었다.

"듣던 대로 성질 한번 화끈하시네요. 그럼 바로 말씀드리겠습니다."

청년은 화면 규격이 꽤 큰 핸드폰을 모자란 여사의 턱밑으로 내밀었다.

"여기 이 화면을 잘 보십시오. 얼마 전 김태욱 씨가 태국에서 내연녀와 밀회를 즐기는 장면입니다."

청년의 핸드폰 화면이 밝아지면서 동영상이 떠올랐다. 모자란 여사도 언젠가 TV를 통해 본 적이 있는 태국의 유명 호텔 옥상 풀장이었다. 물속에서 수영을 즐기던 남녀 한 쌍이 바깥으로 나와 가운을 걸치더니 수면 의자에 나란히 몸을 눕혔다. 망원카메라로 멀리서 잡은 인물들은 얼른 얼굴을 식별할 수 없었다. 청년은 남녀가 수면의자에 길게 누운 장면에서 동영상을 정지시켰다. 이어 남녀의 얼굴을 확대해 모자란 여사 눈앞으로 바싹 들이댔다.

긴장하며 화면을 지켜보던 그녀의 동공이 크게 벌어졌다. 창살이 가슴을 뚫는 듯 가늘고 독기 서린 신음이 그녀의 입술을 비집고 터져 나왔다.

"저, 저년이, 저년이!"

낯익은 얼굴의 여자였다. 모텔 침대에서 알몸으로 전남편을 끌어안고 자신이 뿌린 소화기의 분말을 뒤집어썼던 바로 그 여자, 정소라.

밤마다 울음소리

1

 상현이 7층 베란다 난간에서 뛰어내릴 때 그의 아내는 거실에 딸린 주방에 같이 있었다. 그는 그날도 어김없이 새벽 4시에 일어났다. 6시까지 서재에 머물렀다가 7시에 식사한 다음 8시에 출근한다. 그것은 그가 지난 30여 년간 완고하게 지켜온 일과표였다. 그리고 오후 9시 전 귀가하여 10시면 취침했다. 특별한 예외가 아니고는 그는 마치 선량한 국민이 교통질서를 준수하듯 자신이 만든 일상의 원칙대로 살아왔다.
 상현이 베란다로 나갈 때 그의 아내는 개수대 앞에서 설거지 중이었다. 식탁을 물린 남편은 곧장 화장실로 가는 편이었다. 그날은 소파로 가 앉았다. 그녀는 마른행주로 식기를 닦다가 이상하게 뒷머리가 서늘해지는 느낌이 들어 고개를 돌렸다. 남편이 소파에서 벌떡 일어나 무언가에 등을 떠밀리듯 베란다로 나가고 있었다. 그는 곧장 어깨높이의 베란다 난간을 두 손으로 잡았다. 조금의 망설임도 없었다. 그는 이어 허들을 넘듯 난간을 가볍게 훌쩍 뛰어넘었다. 순식간이었다. 아내의 눈앞에서 그는 사라져 버렸다. 아내는 너무 놀라 입을 딱 벌린 채 비명도 지르지 못했다. 그녀의 손에서 벗어난 식기가 바닥으로 떨어지며 산산조각이 났다.

부산한 아침 시간이었다. 럭키아파트 단지를 지나는 해운대로의 통행 차량도 점점 늘어가고 있었다. 이른 가을, 날씨는 화창했다. 아파트 단지 건너편 송림이 우거진 장산은 늘 푸른색이었다. 산허리를 얇은 속옷처럼 감고 있던 안개가 너울지며 자취를 감추는 중이었다.

해운대 방향에서 구급차 한 대가 성마른 경고음을 울리며 달려왔다. 구급차는 쌍방향의 자동차들을 세우며 곧장 아파트 단지로 들어섰고, 중앙 광장에서 멈추었다. 입주민들이 여기저기서 베란다로 몰려나왔다. 구급차의 번쩍이는 경광등 회전은 계속되고 있었다.

구급차의 뒷문이 열렸다. 구급대원 세 명이 황급히 뛰어내렸다. 두 명은 담가를 들고 있었다. 입주민들은 그제야 보았다. 107

동 건물 화단 한 곳을 주민들과 경비원들이 무리 지어 둘러싸고 있었다. 그들은 얼른 알아들을 수 없는 소리로 웅성거리고 있었다. 첫눈에도 심상치 않은 불길한 징조가 드러났다. 그들은 구급대원들이 다가서자 얼른 갈라서며 길을 터주었다.

화단에 한 사람이 쓰러져 있었다. 한 여자가 쓰러진 그의 가슴을 흔들며 울부짖고 있었다. 상현과 그의 아내였다. 두개골이 심하게 파열된 상현은 이미 절명한 상태였다.

2

상현의 투신자살 사건에 대한 경찰의 진상조사는 신속하게 이루어졌다.

상현 스스로 내린 극단적 선택임은 명확했다. 사건 당시 집안에는 상현 부부만 있었다. 두 사람 사이는 원만하고 평온했다. 슬하의 남매 둘은 결혼하여 각기 대구와 포항에 살고 있었다. 의심할 만한 어떤 정황도 증거도 찾을 수 없었다. 특히 상현이 뛰어넘은 베란다 난간은 가슴 높이의 튼튼한 스테인리스 파이프로 제작되어 있었다. 누군가가 그를 강제로 떠밀기에는 매우 어려운 구조였다.

아내의 진술 말고는 상현의 자살을 입증할 어떤 정황도 증거도 없었다. 그는 짧은 유서 한 장 남기지 않았다. 사건을 전후해 어떤 이상 증후도 보인 흔적이 없었다. 그는 직장에서 매우 모범적인 사람이었다. 그는 구청의 국장으로 근무하는 부산시청 공무원이었다. 대인관계도 무난하고 원만한 편이었다.

상현의 자살은 한 마디로 미스터리였다.

3

상현의 빈소 앞에는 조문객이 줄을 이었다. 그는 대학을 졸업하고 육군에 입대해 병장으로 제대했다. 비로소 대한민국의 온전한 청년으로 자격을 갖춘 그는, 부산시 공무원 공채 시험에 응시해 운수 좋게 합격했다. 그는 세 곳의 동사무소, 두 곳의 구청, 본청의 서너 부서에서 근무 경력을 쌓으며 30여 년을 보냈다. 7년 전 서기관으로 늦은 진급을 했다. 사망 당시 그는 3년째 구청의 국장으로 재직 중이었다. 정년퇴직을 1년 앞두고 있었다.

빈소 중앙에 자리한 영정 속 상현은 소리 없이 웃고 있었다.

마땅한 사진이 없었던지 오래된, 꽤 젊어 보이는 사진이었다. 그는 항상 조용했다. 너무 조용해서 때로는 곁에 없는 사람처럼 여겨지기도 한 사람이었다. 보이지 않는 자신의 울타리 속에 갇혀 지내는 사람 같기도 했다. 남들과 쉽게 어울리는 편은 아니었다. 어울리려 애쓰는 것 같지도 않았다. 그렇다고 있으나 마나 한 사람은 아니었다. 그는 자기에게 주어진 직무는 분명하게 처리하고 책임은 확실하게 지키는 사람이었다.

상현은 솔직하고 담백한 성품이었다. 포용력이나 공감 능력이 조금 부족해 보이긴 했다. 그래서였는지 그는 동료 직원들로부터 은근히 경계 당하는 일이 없지 않았다. 융통성이 부족한 사람은 서로 비밀을 나누어 가지기가 거북스러운 법이기 때문이다. 그는 짧지 않은 공직 생활 동안 단 한 번도 이른바 노른 자리라는 이권 부서에는 근무해 본 적이 없었다. 그가 그동안 거쳐 온 자리란 대개 남들은 가기를 꺼리는 기피 부서거나 직무들이었다. 업무량은 과중하나 윗선의 주목은 받지 못하거나, 아예 관심권 밖인 직영 사업소의 사무직 등이었다.

빈소에 딸린 접객실에는 문상을 마친 조문객들로 붐볐다. 식탁의 빈자리가 거의 보이지 않았다. 끼리끼리 모여 앉은 조문객들은 상가에서 내놓은 답례 음식을 나누어 먹었다. 상가 특유의 향촉 냄새에 잡다한 목소리들이 뒤섞여 실내를 가득 채우고 있었다. 상현의 고등학교 동창들 예닐곱 명도 구석의 한 자리를 차지하고 있었다. 꽤 오래 눌러앉아 있었던 모양으로 모두가 벌겋게 술이 오른 낯빛이었다.

동창1이 좌중을 둘러보며 잔뜩 비감 어린 목소리로 말했다.

"그저께 점심시간 무렵 상현이 내 사무실에 잠깐 들렸었어. 근처에 외근 나왔다가 지나는 길이었다며 십 분이나 앉아있었나. 오랜만이라 점심이나 같이하려 했는데 선약이 있다며 그냥 가더라고. 별 얘기도 없었어. 이틀 후에 죽을 사람 같은 표정은 더더구나 아니었다고. 그런데 이게 무슨 참변인지 모르겠어."

"이틀 후에 죽을 사람 표정이 따로 있나 어디. 상현인 평소에도 속마음을 잘 드러내는 친구가 아니었잖아."

동창2가 오징어포를 질겅질겅 씹으며 끼어들었다.

동창3이 술잔을 홀짝 비우며 화제를 보탰다.

"사실은 상현이가 얼마 전에 내 병원으로 몇 차례 찾아오기도 했었어."

"왜 상현이가 귀에 무슨 고장이라도 생겼었나?"

동창4가 턱을 들이밀 듯하며 물었다. 동창3은 고개를 가로저었다.

"그게 아니라 귀에서 소리가 울리는 흔한 이명현상이 있었어."

"그게 이상이 있은 거네 뭐…"

그때, 동창5가 맞은편 동창6의 어깨를 쥐어박으며 주의를 환기시켰다.

"이 친구야 말 좀 해 보라고. 상현이가 죽기 전날 너 학원에 왔더라면서."

턱을 가슴에 묻고 입을 다물고 있던 동창6이 고개를 번쩍 들었다. 눈빛이 게슴츠레해 있었다. 한껏 취기가 거슬러 오르는 표정이었다. 그는 한숨을 길게 내쉰 다음 주변을 두리번거리며 입을 열었다. 약간은 혀가 꼬부라지는 소리였다. 오른손으로 가슴을 쳤다.

"그래…, 그래서 내 마음이 이렇게 더 아파. 전혀 눈치를 채지 못했거든. 퇴근 무렵 느닷없이 쳐들어와 한참을 같이 시간을 보냈지. 소주도 한 병쯤 깠고. 가끔 찾아와 쉬어가곤 했지만 어쩐지 그날은 좀 수상한 구석이 있긴 했었어. 그러나 이렇게 되리라고 상상이나 했겠느냐고 제기랄!"

갑자기 접객실 입구 쪽에서 웅성거리는 소리가 들렸다. 문상객들의 시선이 잠시 그쪽으로 몰려갔다. 한 사람이 한 무리의 호위를 받으며 들어서고 있었다. 낯익은 얼굴이었다. 문상객들 속에서 누군가가 귓속말처럼 소곤거렸다. 시장이네. 어, 구청장도 뒤따라오네.

그들 일행이 빈소로 들어서자, 잠시 어수선했던 접객실은 원래의 분위기로 돌아왔다. 식탁을 차지한 문상객들은 술잔을 주고받기 시작했다. 가끔 검은 상복 차림의 사람들이 답례 음식이 담긴 쟁반을 들고 문상객 사이를 오갔다. 실내는 향촉 냄새와, 웅성거리는 사람들의 체취와, 말들의 조각들로 가득 차올랐다. 복도에 늘어선 조화는 싱싱했으나 생기가 없어 보였다. 장례식장의 가을 밤은 그렇게 깊어 가고 있었다.

4

상현이 동창3의 이비인후과 의원을 처음 찾아온 것은 지난 초여름이었다. 그는 약속도 없이 진료 마감 시간에 맞추어 나타났다. 직원들을 모두 퇴근시킨 동창3은 자신의 진료실에서 상현과 마주 앉았다. 동창3은 격의 없이 지내는 친구이긴 하지만 좀 생뚱맞다는 생각으로 물었다.

"어쩐 일이야, 아무 연락도 없이?"
"환자가 병원에 왜 왔겠어. 진료 좀 받아보려고."
상현이 멋쩍은 웃음을 머금으며 받았다.
"싱겁긴. 그럴 양이면 진료 시간에 맞추어 와야지. 정말 무슨 일이야."
"진짜라니까. 얼마 전부터 귀에서 소리가 나기 시작해. 아니 들리기 시작해."
상현은 오른팔을 들어 손을 귀로 가져다 대며 사뭇 진지한 표정이 되었다. 동창3은 그제야 상현이 진심임을 알아차렸다.
"그쪽 귀만 그래?"
"아니 양쪽 다야."
"어떤 소리? 매미 우는 소리나 바람 소리 같은 거. 아니면 징 소리처럼 머릿속까지 찌잉- 하고 울리는 것 같은 소리야?"
"아니, 그게 울음소리, 사람이 흐느끼는 울음소리 같은 것이라고."
동창3은 의외라는 기색으로 잠시 말을 멈췄다가 가늘게 웃었다.
"이명이네, 귀울림. 우리 나이에 이명은 흔한 질병이야. 열 사람 가운데 두어 명은 겪게 되는 귀 질환의 하나니까 뭐 심각하게 생각할 필요 없어. 울리는 소리는 사람에 따라 다 달라."
"글쎄 나는 귀가 울리는 게 아니라 들린다니까."
"울리는 거나 들리는 거나 거기서 거기야. 나를 찾아올 만큼 불편을 느낄 정도라면 일단 귓속부터 한번 살펴보자고. 고막이나 혈관 등에 이상이 생길 수도 있으니까."
동창3은 제자리에서 오토 스코프(Video otoscope)를 상현의 오른쪽 귓속으로 조심스럽게 밀어 넣었다. 테이블 위의 모니터로 귀의 내부가 동굴처럼 확대되어 나타났다. 동창3은 모니터를 손가락질하며 말했다.
"귓속은 깨끗하게 정리돼 있네. 여기가 고막이고 더 들어가면 달팽이관과 신경계로 연결되지. 아주 정상인데. 육안으로는 전혀 이상이 보이지 않는다고."
동창3은 오토 스코프를 빼고 상현의 팔을 가볍게 치며 말했다.
"흔한 이명 증상이니까 걱정할 것 없어. 나가자. 다른 약속 없으면 오랜만에 둘이 술이나 한잔 하자고. 나도 마침 오늘따라 마눌님 해외여행 떠나시고 다른 스케줄 없으니까."
그렇게 상현과 동창3은 의원에서 가까운 스탠드바에 마주 앉았다. 위스키를 스트레이트로 서너 잔 주고받던 동창3이 감자튀김을 우물거리며 지나가는 말처럼 던졌다.

"너, 근래 들어 직장이나 집안에서 심하게 스트레스를 받은 일 있지?"

"별로. 노상 비슷한 일의 반복인데 새삼스레 스트레스 받을 일이 있어야지. 내년이면 제대라 윗선에서 간섭도 심하지 않고. 집안에서도 그래. 자식들 다 내보내고 영감 할멈 사는 터에 무슨 일이 생길 리가 없지 않나. 태평성대지 뭐. 아무 일 없는 것도 스트레스가 될까."

"아님, 혹시 최근에 무리하게 집안일 따위로 체력을 크게 소모한 일은 없었냐. 이명이란 게 때론 과도한 스트레스나 급격한 체력 소모로 일어나기도 하거든."

"내가 무슨 힘에 부치는 일을 할 게재가 있어야지."

"그럼 소리가 나기 시작한 게 정확하게 언제쯤부터야?"

상현은 술잔을 들이켜고 냉수를 한 모금 마신 뒤 잠시 뜸을 들였다.

"2주쯤 됐나. 퇴근하는 길에 내가 가끔 들리는 갤러리에서 소장전을 연다기에 혼자 갔었지. 작고한 지역 화가들의 옛날 그림들이었어. 이름난 화가의 그림들은 아니지만 보기 힘든 기회였어. 나와서 그날따라 이상하게 술이 땡기더라고. 포장마차에서부터 시작했는데 엄청 마셨어."

"혼자서?"

"그래 혼자서. 잔뜩 취해 자정 가까워서야 집에 들어가 잠자리에 들었는데 잠이 안 오는 거야. 그때 문득 어디선가 어린애가 우는 소리 같은 게 들리더라고. 층간 소음이 전혀 차단되지 않는 낡은 아파트라 처음엔 위층에서 들리는 소린가 했지. 그런데 아니야. 멀리서 들리는 소리 같기도 하고 벽 사이로 아주 가까운 곳에서 들리는 소리 같기도 했다고. 눈을 감고 잠을 청하는데 그 소리가 자꾸 가까워졌다가 멀어졌다 하는 거야. 얼마나 오래 뒤척이다 잠이 들었는지 몰라. 다음 날 피곤을 느낄 정도로 심하게 시달렸나 봐. 그런데 다음 날 밤 잠자리에 들자 그 소리가 또 들리는 거야."

"그러니까 밤마다 잠자리에 들면 울음소리가 들린다는 거야?"

"아니, 한동안 들리지 않더니 며칠 전부터 또 그래. 그러니까? 잠자리에 들기가 은근 불안해. 그래서 널 찾아온 거야. 귀에 이상이 생겼나 하고."

"그럼 내일이라도 시간을 내어 다시 와. 미리 전화하고. 일단 청력검사부터 해 보자."

동창3은 그쯤에서 말을 매듭짓고 술잔을 들어 상현에게 건배를 제의했다.

"자아, 그건 그렇고, 오늘은 술이나 마시자고. 까짓 걱정 싸악 씻어버려! 그런 증세는 의심하고 걱정하기 시작하면 더 악화되기 십상이라고."

상현은 일주일 후에야 동창3의 의원을 찾아왔다. 며칠간 들리지 않던 울음소리의 빈도가 갑자기 더 잦아지고 오래 간다고 했다. 상현은 동창3의 말대로 청력검사를 받았다. 상현은 별도의 검사실을 거치며 순음 청력검사, 어음 청력검사, 임피던스 등의 검진을 마쳤다. 꽤 오랜 시간이 필요했다.

상현은 동창3과 다시 마주 앉았다. 상현은 약간 지치고 피로한 기색이었다. 동창3은 테이블 위에 놓인 검사지들을 살펴본 후, 의외로 밝은 표정이 되어 말했다.

"모두 정상이야. 내 추측이 맞았네. 너는 부인하고 있지만, 지금 넌 정신적으로 많이 지쳐있음이 분명해 보여. 이명은 그래서 울리는 거야. 일단 약을 처방해 줄 터이니까 복용하고 상태를 한번 지켜보자고."

"이상이 없다며 무슨 약이야."

"신경 안정제. 먼저 지친 마음을 달래주어야지. 잠들기 전에 먹을 수면유도제도 처방할 거야. 연차라도 얻어 실컷 쉬는 것이 최선인데 그러지는 못할 거잖아. 그러니까 약으로라도 좀 쉬게 해주자는 거지. 그래도 증상이 계속되면 병원에 다시 와. 그때는 CT와 MRI 촬영 등의 종합적인 정밀진단이 필요해."

이후 상현은 일주일 혹은 4~5일 간격으로 동창3의 의원을 찾았다. 그사이 이비인후과 전용 콘빔CT와 MRI 촬영 등 정밀 검사도 진행되었다.

어느 날, 동창3은 마주 앉은 상현에게 진지하게 제안했다.

"미안하지만, 나로서는 이 이상 치료를 지속할 수가 없어. 내 능력 밖이야. 아마도 넌 다른 방법의 치료나 도움이 필요할 것 같다고."

"무슨 말이야. 다른 방법의 치료라니."

"기분 나쁘게 생각하지마. 지금까지의 내 치료 경험치로 봐서 너는 더 이상의 이과적 치료는 시간과 의료비 낭비일 뿐이야. 나에게 두 달 이상의 치료를 받고도 증상의 호전이 보이지 않는다면, 그건 물리적인 치료가 아닌 심리적 치료가 필요하다는 말이지."

"심리적 치료라면?"

"정신의학적 심리상담 치료야."

"정신병원에 가라는 얘기냐. 지금 내가 돌았다는 거네?"

"다들 이런다니까. 지나치게 비약하지 마. 그런 얘기가 아니고,

너는 지금 의식하지 못하는 마음의 한 부분이 아픈 것 같아. 네가 밤마다 듣는 울음소리는 그 마음의 통증이고. 그러니까 그 마음의 환부를 찾아줄 정신분석의나 심리상담사의 도움이 필요하다는 말이라고."

"그 말이 그 말 아니냐고. 나 지금 자꾸 화가 치밀려고 하거든."

동창3의 음성이 조금 단호해졌다.

"화내고 싶으면 마음대로 화를 내. 정신분석이나 심리상담, 그것이 그렇게 화를 낼만큼 거부하거나 기피할 일인가. 선진국에서는 오래전부터 일상화 보편화 된 치료야. 감기에 아스피린 먹듯 한다고. 우리도 이미 인식변화가 일어나고 있어. 요즘은 상당수의 각급 학교나 주요기관에 심리상담사들을 상주시키고 있다고. 우리의 삶이 워낙 복잡하고 팍팍해지니까 너처럼 과민한 사람들은 자신도 모르게 정신적 혼란을 일으키게 된다고. 내·외과적 진료나 약물로는 치료가 안 돼. 어쨌거나 내가 신뢰하는 심리상담사 한 분을 소개해 줄 테니까 마음이 내킬 때 찾아가 보라고. 미국에서 정신분석의 석·박사 학위를 받은 30년 임상 경력을 가진 분이야."

동창3은 이면의 빈자리에 간단한 소개문을 적은 자기 명함과 심리상담사의 이름과 전화번호를 적은 메모지를 건네주었다. 상현은 동창3의 권유에 수긍도 부정도 아닌 모호한 표정으로, 대답 없이 명함과 메모지를 받기만 했다.

5

동창3이 소개한 심리상담사는 얼른 나이를 짐작할 수 없는 은발의 여자였다. 소녀처럼 자연스럽게 빗어 내린 생머리가 어깨를 덮고 있었다. 알이 두터운 가늘고 검은 테 안경을 쓰고 있었고, 은연중 연륜과 위엄과 기품을 풍기고 있었다. 상담실은 장식이 거의 배제되어 소박하고 단순했다. 창문이 없었으나 천정의 알맞은 간접조명이 안온하게 감싸주어 전혀 밀폐감을 느끼지 못했다. 상현과 첫인사를 나눈 상담사는 접수대에서 작성해 올린 차트를 잠시 살폈다. 신상과 내원 사유 등이 간단하게 기록된 차트에는 동창3의 명함이 첨부되어 있었다. 상담사가 친근하고 낮은 목소리로 말했다.

"잘 오셨습니다. 상담을 진행하기 전에 제가 먼저 선생님께 부탁드리겠습니다. 앞으로 저와 대화를 나누는 중 조금이라도 거북하거나 불편한 마음이 생기면 즉각 말씀해 주셔야 합니다.

특히 문답식 대화에서 대답하기 싫으시면 단호하게 거부해 주셔야 합니다. 처음 만난 저를 보는 지금의 기분은 어떻습니까."

"방문을 여러 번 망설였는데 막상 여기 앉아보니 생각보다 편안한 느낌이 드는군요."

상현은 정말 그랬다. 시종 얼굴 가득 자상하고 다감한 미소를 잃지 않는 상담사는, 상대방이 금세 두 팔을 들고 항복하게 만드는 묘한 매력이 있었다.

"다행입니다. 거의 모든 분이 방문하기 전에 약간씩 마음의 저항을 치르게 되지요. 저를 상담사나 의사가 아니라 편안한 말동무쯤으로 생각하세요. 그동안 이명으로 고생을 많이 하셨나 보네요."

"잠자리에 들면 울음소리가 들립니다. 친구의 병원에서 치료를 받아왔으나 호전이 되지 않았습니다."

"특이한 증상이네요. 구체적으로 어떤 종류의 울음소리입니까. 여자, 남자 혹은 어린아이?"

"젖먹이가 보채며 우는 울음 같기도 하고, 때로는 대여섯 살짜리 남자아이가 억지를 피우며 우는 소리 같기도 하고…"

"이과적으로나 건강상 다른 이상은 전혀 없다고 하니까 환청이라고 할 수 있겠지요."

"환청이라면…"

"아무런 외부의 자극도 없는데 혼자만 들리는 소리, 혹은 들을 수 있는 소리죠. 최근에 혹시 소리내어 우신 적이 있나요."

상현은 잠시 생각에 잠기다가 말했다.

"아니요, 전혀 없는데요."

"마지막으로 소리내어 운 지가 언제였는지 기억해 낼 수 있겠습니까."

상현은 다시 생각에 잠겼다. 기억의 회로 사이를 빠르게 달렸다. 정말 자신이 소리내며 울어본 적이 언제였는지 까마득했다. 그때 얼른 떠오른 장면이 있었다. 돌아가신 어머니의 출상 때였다. 영구차가 세워진 앞에서 노제를 지내면서였다. 그는 절을 한 자리에서 땅에다 머리를 박고 억제할 수 없이 터지는 통곡을 했었다.

상현의 어머니는 교통사고로 입원해 2개월을 병상에 누워 지내다 운명했다. 노령에 하반신이 다시는 회복할 수 없도록 중상을 입었었다. 어머니는 임종하기 전 곁을 지키는 그의 손을 찾아 쥐면서 말했다. 그동안 가족들 지키느라 고생 많았다. 그리고 이제야 말하지만 네가 중학교 진학을 앞두고 미술학원 못 가게 막은 게 지금까지 가슴에 후회로 남아 미안했다. 제발 아버지를 설득해 달라며 며칠을 울고불고 매달렸는데 말이다. 네가 오죽 그림을 잘 그렸냐. 내가 아버지 편을 드는 게 아니었는데…. 그는 어머니의 손을 마주 잡으며 대답했다. 엄마, 별걸 다 기억하고 계셨네. 나 그때 그림 포기한 것 원망하거나 억울해한 적 한 번도 없었어요. 그러니까 조금도 미안해하실 것 없어요. 그의 대답이 끝나자 어머니는 그의 손을 가만히 놓으면서 운명했다. 고맙다… 들릴 듯 말 듯 가는 목소리와 버썩 마른 주름진 뺨에 눈물 두 줄기를 남기고.

상현이 갑자기 가슴이 먹먹해짐을 느끼며 말했다.

"어머니께서 돌아가시고 노제를 지낼 때였습니다. 어린애처럼 소리 내어 울었습니다. 정말 목이 쉴 정도로 소리쳐 울었던 것으로 생각납니다."

"그게 언제였습니까."

"아시안게임을 치른 해였습니다. 2002년도 이른 가을이었으니 십 칠팔 년도 넘게 지났군요. 그 후론 울 일이라곤 없었던 것 같습니다."

"정말 울 일이 없었을까요?"

상담사가 옅은 미소를 떠올리며 말을 이어갔다.

"우리 모두 그렇게 생각하며 살아가지요. 전혀 울 일이 없는 것처럼. 당연한 듯 태연한 듯 그렇게 살아가고 있어요. 정말 그럴까요. 정말 지금 여기 우리가 살아가고 있는 세상이 소리내어 울 일이 없는 평온하고 안전한 세상일까요, 선생님은 어떻게 생각하세요."

"별다른 의심이나 의문 없이 그냥 살아왔는데요. 익숙한 일상의 습관에 따라서 말입니다. 말씀을 듣고 생각해 보니 그동안 내가 전원이 꺼지지 않는 자동인형처럼 끄덕끄덕 앞만 보며 살았다는 느낌이 들기도 합니다. 그러나 대부분 나처럼 그렇게 살지 않을까요."

"옳은 말씀입니다. 저도 동의합니다. 그런데 젖먹이들은 여차하면 울기부터 먼저 하지요. 자기 의사를 말로 표현하지 못하니까 모든 욕구를 울음으로 나타내는 거지요. 그러다가 점차 말을 배우고 의사표시의 방법과 수단을 깨우치기 시작하면서 울음의 빈도를 줄이게 되지요. 그리고 울음은 차츰 우리들의 격한 슬픔을 나타내는 정서적·감정적 표현의 하나로 남게 되어요. 이제 울음은 섣불리 내거나 함부로 내어서는 안 되는 금기가 된 것입니다. 특히 남자들에겐 가혹한 금기의 하나이지요."

"남자가 태어나 울 일은 세 번이다. 태어날 때, 나라를 잃었을 때, 부모가 돌아가셨을 때, 그렇게 말이지요."

"그렇습니다. 우리 모두 그렇게 비슷하게 훈련받으며 자랍니다. 울면 안 된다고. 우는 일은 가능하면 억제해야 한다고. 그런데 우리는 잠시 중요한 것을 잊고 있었어요. 무엇이든 억제한다는 것은 반드시 상처를 남긴다는 사실을 말입니다. 우리는 자극과 충격을 받으면 어떤 형태로든 반응하고 소리를 냅니다. 징을 치면 소리를 내듯이요. 그렇지 않으면 마음속 어딘가 작고 큰 흉터를 남기게 될 것입니다."

귀를 기울이고 있던 상현이 문득 고개를 바로 세우며 입을 열었다.

"잠깐 선생님, 그럼 제가 지금까지 들었던 울음소리들도 어쩌면 내가 그동안 억제해 온 소리의 하나일 수도 있다는 말씀인가요."

상담사는 활짝 웃었다. 제자의 뛰어난 재기를 발견한 스승 같은 웃음이었다.

"바로 이해하셨군요. 그렇습니다. 그동안 선생님께서 들어온 울음소리는 스스로 밝혀내기 어려운 아주 깊은 기억의 창고에 숨어있는 자신의 울음소리일 수도 있다는 것입니다. 그러니까 앞으로 저와 함께 그 기억의 미로를 천천히 더듬어 나가 보자는 말입니다. 우리는 지금도 순간순간 울고 싶은 어린애 같은 무의식적 욕구를 경험하게 되지만 그때마다 잘 참고 견딥니다. 삶의 소용돌이에 단련된 정신의 근육으로 웬만한 충격은 이겨내는 면역력이 생긴 거지요. 대부분 상처는 시간이 흐르면서 자연치유가 되는 셈입니다."

그날, 상현은 꽤 긴 시간을 상담사와 얘기를 주고받았다. 그리고 일주일에 한 번씩 정기적인 상담을 진행하기로 예약했다. 상현은 심리상담사를 필요로 하는 사람들이 의외로 많다는 사실을 그때야 알았다. 자신과 비슷한 증세를 호소하는 사람도 없지 않으리라 생각되었다. 상담은 매우 순조롭게 무리 없이 진행되었다. 3주 차가 지나면서 상현은 상담사가 십년지기처럼 깊은 믿음이 들었다. 상담사와 마주하면 이상하게도 까맣게 잊고 있었던 기억들이 실타래처럼 풀려나오곤 했다. 특히 4주 차가 되는 날의 상담은 유난히 많은 대화가 오갔다.

"아, 지금에야 생각이 났습니다. 초등학교 4학년 때였던가. 학교 정문 앞 문방구에서 벌어진 일입니다. 친구들이랑 세 명이 장난삼아 물건을 훔치다가 주인한테 들켰어요. 다른 친구가 공책을 사는 척하는 동안 저는 반대쪽에서 쫀드기 과자를 슬쩍 하기로 했었거든요. 그 무렵 쫀드기가 엄청나게 인기가 있었습니다. 세 명 모두 주인에게 목덜미를 잡혀 싹싹 빌고 떨면서 울었어요.

담임선생님께 알려서 대나무로 만든 30센티 길이의 자로 손바닥을 스무 대나 맞았어요. 부모들께도 통보하여 집에 가서는 더 심하게 혼이 났습니다. 온종일 벌벌 떨면서 하루를 울며 보낸 셈이었습니다. 다음 날 아침까지 목 안이 울컥거렸던 생각이 납니다. 지금 생각해도 얼굴이 달아오르려 합니다."

"하하하, 그런 일은 장난기 심한 아이들이 일쑤 저지르는 위악적 행동이지요. 아무 죄의식 없는 우발적·충동적 일탈 행동이며 퍼포먼스인 셈이지요. 그걸 어른들의 시각으로 사태를 크게 만들어 아이들에게 씻을 수 없는 상처를 남기게 만들기도 하지요."

"아, 그리고 또 생각나는 일이 있습니다."

꼬리를 물고 이어 떠오르는 기억이 더 있었다. 정말 지금까지 한 번도 되돌아본 적이 없는 기억의 조각이었다.

"역시 초등학교 4학년이었던 때의 일입니다. 어린이날 용두산 공원에서 교육청이 주최한 사생대회에 친구 대여섯 명이 같이 참가했었습니다. 내려다보이는 해안 풍경을 정해진 시간 안에 그려서 제출하면 즉석에서 심사해 입상자를 발표했습니다. 나는 그때까지 같은 학년 또래에서는 그림 재주가 가장 뛰어났다고 인정받았습니다. 여러 사생대회에 대표로 나가서 그때마다 입상해 칭찬과 박수를 받는 데 익숙해져 있었습니다. 그 대회에서도 으레 입상하리라 믿었지요. 그런데 발표 결과는 의외였습니다. 나는 입상자 명단에서 빠지고 같이 갔던 다른 친구가 붙었습니다. 이변이었지요. 한동네에 살면서 같은 미술학원에 다니긴 했어도, 평소엔 전혀 재능이 드러나 보인 적이 없는 친구였습니다. 나는 갑자기 배가 아프다는 핑계를 대고 혼자 집으로 도망쳤습니다. 방에 들어가 문을 잠그고 아무도 모르게 펑펑 울었던 기억이 납니다."

"그 또한 어린 시절엔 누구나 흔히 겪는 일들이지요. 자기보다 실력이 모자라는 친구에게 뒤지게 되면 누구나 순간적인 충격을 받게 되지요. 자존감에 상처를 받고 수치심을 느끼게 되니까요. 다만 선생님께서는 감성이 유달리 예민하고 풍부하여 남들보다 그 아픔이 더 크게 오래 머물렀던 모양입니다."

"지금 생각하면 웃기는 것이, 그때 상을 받은 그 친구는 그림을 계속 그려서 화가가 되었습니다. 나는 중학교에 진학하면서 학업에만 전력을 다하라는 부모님의 엄명으로 미술학원을 그만두었습니다. 그리고 결과적으로 이렇게 공무원이 되었지요."

"그래도 한동안은 다니던 미술학원에 대한 미련이나 아쉬움은 남아있었을 것 같은데요."

"그런 일은 없었습니다. 중학교로 진학하는 그날부터 나는 오로지 공부에만 전념해야 했거든요. 학업 성적표의 등수를 올리는 일 말고는 다른 데 눈을 돌려볼 생각은 엄두도 내지 못했습니다. 학교 수업이 끝나면 이어 과외선생이 기다리고 있었습니다. 3년 내내 전교 1등을 놓치지 않았습니다. 나도 그림을 그렸던 때가 있었나 할 정도였습니다."

"정말 대단하셨군요. 그러기가 쉽지 않은 일인데…"

"부끄러운 고백이지만, 그 후 나는 40대 후반에야 처음으로 화랑이란 곳을 찾아 그림을 구경했습니다. 서울서 활동하던 아까 그 친구가 부산에서 개인전을 열었기 때문이었습니다. 그때 그 친구를 만나고 그림들을 보면서 비로소 초등학교 시절의 일이 떠오르더군요. 그 친구랑 같이 다녔던 미술학원과 사생대회에 참가했던 추억 등이요."

"그땐 어떤 느낌이었습니까."

"아주 잠깐 기분이 좀 묘해지기도 했었습니다. 뭐랄까, 내가 그동안 깊숙이 감추어 왔던 비밀 하나를 들킨 것 같다는 기분이랄까. 쑥스럽기도 민망하기도 한 그런 애매한 느낌이었습니다. 하지만 곧 평상심으로 돌아와 오랜만에 즐겁게 시간을 보냈습니다. 그 친구는 얼마 후 낙향해 지금 시내에서 미술학원을 열고 있습니다. 제가 가끔 들리곤 하지요."

"최근에도 들린 적이 있었습니까."

"열흘 전인가, 마침 근처의 구청에서 회의가 있었거든요. 그곳에서 아이들이 그림에 몰두하고 있는 모습을 뒤에서 지켜보고 있노라면, 마음이 그렇게 편안할 수가 없어요. 친구보다 그게 좋아서 자주 찾아가는 것 같다는 생각이 들기도 해요."

그러나 그날이 상현이 상담실을 찾은 마지막 날이 되었다. 그는 약속된 방문일을 하루 앞두고 베란다에서 몸을 날리고 말았다.

6

사건 하루 전이었다. 상현이 동창6의 미술학원에 불쑥 나타났다. 오후 늦은 시간이었다.

학원은 오래고 낡은 목조건물 2층에 있었다. 출입구는 건물 옆의 별도 계단을 통해 오르내려야 했다. 동창6은 출입구 왼편 접수대를 겸한 자기 책상에서 미술 평론지를 읽고 있었다. 실내 안쪽에는 초등학교 아이들 세 명이 등을 보인 채 비너스 흉상을 스케치하고 있었다.

노크도 없이 드르륵 여닫이 출입문이 열리는 소리에 동창6이

고개를 들었다. 상현이었다. 여느 때와는 달리 몹시 피곤하고 지친 표정이었다. 보이지 않는 바위에 짓눌리고 있는 듯한 행색이었다. 고개를 든 동창6이 뜨악하여 물었다.

"이 시간에 웬일?"

"그냐앙…, 부근에 볼일이 있어서 왔다 들렸다. 방해했니?"

"아니야. 마침 나도 잠시 쉬는 시간이었어."

"다행이네. 잠시 앉아 쉬고 가도 괜찮겠지?"

"새삼, 어째 몹시 피곤해 보인다."

"그런가, 노년기 증후군인가 보지."

"그런 신드롬도 있었나."

상현은 대꾸 없이 피식 웃음을 흘렸다. 그는 맞은편 의자에 앉으며 평소처럼 실내를 뚜르르 살폈다. 그는 스케치에 몰두하고 있는 아이들의 뒷모습을 한참 동안 지켜보았다. 마치 그런 아이들의 모습을 처음 구경하는 사람처럼. 그러다가 혼잣말처럼 중얼거렸다.

"쟤들을 보고 있으면 옛날의 우리가 생각난다. 초딩 때였지. 자주 사생대회에 같이 나갔었잖아. 화판을 끼고 팔레트며 붓이며 수채물감 넣은 주머니를 들고 말이야. 참, 학교 운동장 울타리 한편에 쭈그리고 앉아서 학교 전경을 그리기도 했었지."

"맞아. 특히 3학년 담임쌤이 자주 우리를 야외로 몰고 가셨지. 그때는 네가 제일 그림을 잘 그렸었잖아. 칭찬도 네가 제일 많이 받았고."

"그랬었나."

"넌 공부도 제일 잘했어. 늘 일등이었잖아."

"그래서 이렇게 되었나. 공직 생활 30년에 겨우 서기관, 구청 국장 꼴이야."

상현이 갑자기 자기를 보라는 듯이 두 팔을 벌리며 탄식했다. 자기모멸의 감정이 역력하게 묻어나는 표정이었다. 이 친구 대체 무슨 일이 있었나, 동창6은 의아해하며 핀잔했다.

"구청 국장이 어때서. 그 자린 아무나 앉나. 그만해도 성공하신 거지."

"성공은 개뿔. 남들이 들으면 코웃음치겠다. 고속 승진해 중앙 부처의 차관이며 국장하는 애들이 수두룩해. 지방의 시장 군수들도 여럿 있고."

상현이 헛웃음 치며 말했다. 자조의 웃음이었다. 그는 벌떡 자리에서 일어났다. 자신에게 화가 치민다는 태도였다. 그는 스케치에 여념이 없는 아이들 쪽으로 뚜벅뚜벅 걸어갔다. 그는 거리를 두며 아이들 등 뒤에서 멈춰 섰다. 아이들은 스케치에 몰두하고 있었다. 그는 한참을 아이들을 지켜보고 있었다. 방해되지 않으려 조심하는 태도였다. 동창6은 그 모습을 물끄러미 지켜보았다. 상현이 다시 자리로 돌아왔다. 그는 선 채로 동창6에게 툭 던지듯 말했다.

"그렇게 앉아 저 제자들을 지키고 있는 네가 참 부럽다."

"갑자기 무슨 뚱딴지같은 소리야."

동창6은 뜬금없는 상현의 말에 정면으로 그를 마주 보았다. 놀랐다. 상현의 눈빛과 표정이 너무나 진지하고 엄중했기 때문이었다. 그는 진심을 담아 자신의 흉중을 털어놓고 있음을 알아주기를 바라는 표정이었다. 상현은 거듭 강조했다.

"진심이라니까. 너는 진짜 성공한 삶을 살고 있다고."

"내가? 이혼당하고 낙향하여 겨우 코흘리개들에게 붓질 가르치고 있는 C급 화가인 내가 성공한 삶을 살고 있다고?"

동창6이 다소 어이없는 표정으로 반문했다.

상현이 약간 격앙된 목소리로 반박했다.

"그게 어때서. C급이면 어떻고 D급이면 어때. 어쨌거나 넌 화가가 되었잖아. 어릴 때부터 꿈꾸었던 화가가 되지 않았느냐고. 그게 성공한 거라고. 성공한 삶이라고."

"그러면 너희들은? 의사가 되고 변호사가 되고 사장이 된 놈들은 어쩌고. 국장이 된 너는 어떻고. 다 나름대로 목적을 달성하고 잘 살고 계시잖아. 그건 성공이 아니고 실패라는 거야 뭐야."

상현이 침묵했다. 고개를 꺾어 바닥으로 시선을 던지며 잠시 할 말을 정리하는 모습이었다. 그는 이윽고 고개를 들어 느리고 침울한 목소리로 입을 열었다.

"다들 부모가 손목 잡고 끄는 대로 살아낸 삶들이지. 목적도 의식도 의지도 없이 허깨비처럼 꾸역꾸역 등 떠밀리며 살아낸 거지. 그렇게 잘 조련된 몸으로 잘 먹고 잘 입고 잘 살아가고 있다는 개꿈을 꾸고 사는 거지."

그제야 동창6은 상현의 태도와 말투에 이상한 느낌을 받았다. 평소와는 확연하게 달랐다. 학원에 들어설 때부터 그랬다. 무엇에 쫓기고 있는 사람 같기도 하고, 위협을 당하고 있는 사람 같기도 했다. 동창6은 잠깐 혼란스러워지는 마음을 감추며 에둘러 말했다.

"너 오늘 왜 이래. 무엇 때문인지는 모르지만 넌 지금 지나치게 편협한 시각으로 세상을 보려 하고 있다고. 우리 모두 자기 나름대로 성실하게 열심히 자기의 삶을 살아가고 있어. 그러려고 노력하고 있고. 우리는 누구의 어떠한 삶도 함부로 비하하거나 비판해서는 안 된다고 생각해. 그건 대단히 위험한 시각일 수 있어."

"물론 그래, 그냥 내 생각이 그렇다는 거야. 아니, 정직하게 말하면 지금 내 모습이 바로 그렇다는 거야. 내가 지금까지 살아온 날들이 허깨비 발자국 같이 느껴져서 하는 소리라고."

상현이 침울하게 토해내듯 말했다. 다분히 자해하는 어조였다.

"너 무슨 일이 있었지? 어디 나가 술이라도 마실까? 아니지, 여기서 그냥 강소주 한잔 하자. 내가 혼자 마시던 술이랑 마른안주가 있거든."

동창6은 상현의 진심을 알아낼 방법을 궁리하다가 제안했다. 상현이 선뜻 자리에 마주 앉았다. 의외였다. 동창6은 서둘러 뒤편 냉장고를 열고 소주병과 안주를 꺼냈다. 책상 위에 종이를 깔고 금방 미니 술판을 만들었다. 동창6과 상현은 주거니 받거니 하며 두어 순배 술병을 기울였다. 상현은 줄곧 침묵했다. 갑자기 말을 잃은 사람 같았다. 표정은 굳어 더욱 침통했다. 동창6도 묵묵히 술을 따르고 마시며 상현이 먼저 입을 열기를 기다렸다. 그래야 한다고 생각했다. 상현이 문득 자리를 털고 일어났다. 그는 동창6이 미처 일어나기도 전에 출입문을 나서며 딱 한 마디 남겼다.

"나 그만 간다아."

뒤를 돌아보는 법도 없었다. 상현은 마치 망토를 날리며 재빨리 사라지는 영화 속 주인공처럼, 어둠이 재처럼 내려앉는 거리로 총총히 사라졌다. 그리고 다음 날 아침, 그는 허들을 넘듯 베란다 난간을 가볍게 넘어 7층 높이의 아래로 뛰어내렸다.

7

상현의 유골은 부산과 인접한 양산시의 솥발산공원묘원 일각에 묻혔다. 이제 상현은 작은 돌을새김의 무덤 하나를 지상에 남기고 이 세상에서는 없는 사람이 되었다. 그의 육신은 썩어 흙과 물이 될 것이며, 그가 내쉬었던 숨결은 공기와 어울리고 바람이 될 터이었다. 그는 완벽하게 자연과 한몸이 되어, 비로소 흙과 풀과 개울과 꽃의 향기로 영원할 것이다. 다시 수백 년 수천 년이 흘러가서, 장대한 우주의 인연이 닿아 한 생명으로 조합된다면, 그는 이 지상 어느 누군가의 아들딸로 거듭 태어날 수도 있을까 몰랐다.

장례를 치른 5개월이 지난 초봄이었다. 가족회의 끝에 홀몸이 된 상현의 아내는 대구의 장남 곁으로 이사하기로 했다. 부산의 집은 이내 팔렸다. 장남은 이삿짐을 꾸리고 남은 가재도구를 재활용센터에 기증하거나 폐기 처분했다. 독서광이었던 상현의 서재에는 천 권이 넘는 책이 사면의 서가를 메우고 바닥에도 쌓여있었다. 한 중고 서점에서 몽땅 인수해 가기로 약속되었다.

장남은 중고 서점에서 사람이 오기를 기다리며 상현의 서재에 들어갔다. 혹시 따로 챙겨야 할 귀중품이라도 흘린 게 없나 여기저기를 두루 살폈다. 문득 책상 귀퉁이에 꽤 높이 쌓아둔 책 무더기에 시선이 갔다. '어떻게 죽을 것인가', '우리는 언젠가 죽는다', '죽음이란 무엇인가', '죽음의 에티켓', '죽음을 생각하는 순간' 등 주로 '죽음'이란 단어가 들어간 제목의 책들이 눈을 멈추게 했다. 장남은 별 뜻 없이 쌓아둔 순서대로 책을 들어 전체 페이지를 후루룩 넘겨보았다. 순간이나마 거기에 묻어있을 아버지의 체온이라도 느끼고자 했을까. 그때, 한 책 사이에서 반으로 접힌 A4용지 크기의 백지 한 장이 바람에 날리듯 바닥으로 떨어졌다.

장남은 이상하게 가슴이 철렁했다. 아버지의 낙하가 생각났던 것일까, 그는 얼른 종이를 집어 조심스럽게 펼쳤다. 아버지, 상현이 남긴 육필이, 검은 사인펜으로 눌러쓴 글귀가, 분명하고 커다랗게 드러났다. 마치 탄식하는 소리가 울리는 것 같았다.

"그림을 포기하지 않았다면 지금의 후회는 없었을까?"

불량 손녀

외손녀 나비가 현관 앞에 쪼그리고 앉아 있었다. 필두는 가슴이 덜컥 내려앉았다. 온몸을 뜨겁게 데우고 있던 술기운이 확 달아났다. 나비는 두 팔로 끌어안은 무릎 위에 얼굴을 파묻고 있었다. 마치 현관을 지키고 있는 덩치 큰 동물처럼 보였다. 한두 번 당하는 일이 아니었다.

나비는 심통이 터져 가출하면 버릇처럼 필두의 아파트로 찾아오곤 했다. 그가 어쩌다 집을 비우는 날이면, 오늘처럼 현관 앞에서 그렇게 몸을 말고 앉아 그가 오기를 기다리곤 했다. 기막히고 안타까운 노릇이었다.

필두는 황급히 나비 곁으로 다가서며 조심스럽게 불렀다.

"나비야."

나비는 꿈쩍도 하지 않았다. 다른 때 같았으면 그의 발소리만 듣고도 빨딱 일어나 '할아버지!' 하고 소리를 질렀을 아이였다. 깜박 잠이 든 모양이었다. 머리채가 앞으로 쏟아지듯 흘러내려 목덜미가 하얗게 드러나 있었다. 곁에 벗어놓은 백 팩 책가방은 팽개친 무거운 짐짝처럼 보였다.

필두는 잠시 망설였다. 자정이 가까운 시간이었다. 작은 소리도 복도를 울려 혹시나 옆집에 방해가 되지 않을까 조심스러웠다. 필두는 나비의 어깨를 가만히 흔들며 다시 불렀다.

"얘 나비야."

나비의 몸이 스르르 왼쪽으로 힘없이 기울어지며 무너졌다.

필두는 깜짝 놀라 반사적으로 나비의 몸을 두 팔로 감싸 안았다. 그의 팔에 스르르 안기는 나비의 입에서 술 냄새가 확 풍겨왔다. 필두는 너무 황당하여 잠시 나비를 지켜보았다.

나비는 이제 중학교 1학년이었다. 설마 술을 마시리라곤 상상도 못 한 일이었다. 충격이었다.

나비는 깊은 잠에 빠져 가쁜 숨을 몰아쉬고 있었다. 두 뺨이 홍시처럼 발갛게 달아올라 있었다. 숨을 내뿜을 때마다 발효 중인 술독처럼 냄새를 풍겼다.

필두는 정신이 번쩍 들었다. 은근히 다시 거슬러 오르던 술기운이 얼음물을 뒤집어쓴 듯 순식간에 식는 느낌이었다. 그는 그날 꽤 많은 술을 마신 편이었다. 그는 고개를 절레절레 흔들었다. 정신을 집중하고 힘을 주어 몸을 단단히 가다듬었다.

필두는 나비의 두 겨드랑이 사이로 팔을 넣었다. 맥이 풀려서 흐느적거리는 나비의 몸을 간신히 일으켜 세웠다. 조심스럽게 몸을 돌려 등으로 나비의 몸을 받았다. 축 처지는 나비의 몸을 간신히 추슬러 올려 겨우겨우 업었다.

나비는 또래들 사이에서 조숙한 편은 아니었다. 그러나 중간 키에 마르긴 했어도, 칠순이 넘은 필두가 업기엔 벅찬 체중이었다. 그는 금방 흘러내릴 것 같은 나비의 몸을 겨우 지탱하며 현관 키의 비밀번호를 누르고 문을 열었다. 바닥에 팽개쳐진 나비의 백 팩을 끙끙거리며 챙겨 들었다.

필두는 엉금엉금 기듯이 실내로 들어섰다. 그는 현관과 마주 보는 문간방의 문을 서둘러 열었다.

필두는 조심조심 나비를 방바닥에 내려놓았다. 붙박이 옷장에서 베개와 이불을 꺼내 잠자리를 만들었다. 그는 술과 잠에 빠져 사지를 늘어뜨린 나비를 힘겹게 요 위에 누이고 이불을 가슴께까지 가만히 덮어주었다.

필두는 그제야 긴장을 풀고 길게 한숨을 쉬었다. 나비의 얼굴을 한 번 더 확인하듯 지켜보았다. 나비는 걱정할 아무것도 없다는 듯, 고른 숨 소리를 내며 깊이 잠들어 있었다. 그 얼굴이, 어찌 그렇게 제 어미의 어릴 적 얼굴과 닮았을까 싶었다. 그는 마치

불량 손녀

타임머신을 타고 옛날의 한 시절로 돌아간 듯한 착각에 빠졌다.

문간방은 나비의 어미인 딸 유진의 방이었다. 고등학교 졸업 때까지 유진이가 썼던 책상이 제자리에 그대로 남아 있었다. 테두리를 레이스로 마무리한 모자를 씌운, 책상 위의 오래된 데스크 램프도 그대로 있었다. 유진이 중학교 졸업 때 필두가 사다 준 선물이었다.

"열심히 공부해서 오빠 따라 좋은 대학에 가야 한다."

"고마워요, 좋은 대학 못 붙으면 아빠에게 반납할게요."

유진의 그때 목소리가 귓가에 쟁쟁하게 울려왔다. 유진은 약속대로 좋은 대학, 오빠 경환과 동창이 되어 서울 명문대학으로 진학했다.

유진이 대학을 졸업하고 서울에서 취업한 후에도 그녀의 방으로 남겨두었었다. 유진이 결혼한 후에야 필두의 아내가 자기의 전용 방처럼 쓰기 시작했다.

"자식들 결혼시켜 모두 내보내고 나니 나도 내 방이 생겼네."

유진의 결혼식 날 집으로 돌아와 빈방을 둘러보며 아내가 말했다. 터지는 울음을 간신히 삼킨, 그러나 울음이 잔뜩 묻어있는 말이었다. 갑자기 아내의 그때 말소리도 생생하게 울려오는 것 같았다.

필두는 조용히 일어나 방문을 열고 나서려 했다. 아쉬운 마음에 고개를 돌려 나비의 잠든 얼굴을 한 번 더 내려다보았다. 실내등의 스위치를 내렸다. 그는 거실로 나와 주방의 식탁 의자에 앉아 잠시 숨을 골랐다.

필두는 긴장해 잊고 있었던 술기운이 슬그머니 거슬러 올라옴을 느꼈다. 목이 말랐다. 식탁 위의 생수통을 머그잔에 기울여 물을 가득 채우고 꿀꺽꿀꺽 마셨다. 흘낏 쳐다본 벽시계가 거의 자정에 이르고 있었다. 나비의 어미, 유진의 얼굴이 새삼 눈앞으로 사진처럼 떠올랐다.

유진은 나비의 아비와 헤어진 후 벌써 5년째 제주도에서 혼자 살고 있었다. 처음엔 제주시에서 자그만 카페를 열었다고 했다. 지난해에는 서귀포로 옮겨 널리 알려진 프랜차이즈 제빵 판매점을 개업했다고 했다.

필두는 유진의 카페도 제빵 판매점도 가보지 않았다. 유진은 늘 혼자서 결정한 후에야 연락해 왔다. 그러려니 하고 지낼 수밖에 없었다. 비록 마음은 아프고 쓰려서 손길을 잡아주고 싶었지만, 유진의 매운 성격을 아는지라, 혹은 되레 상처를 주지 않을까, 스스로 곁을 내어 주기를 기다리고 있었다.

"아빠, 나비가 번호를 바꾸고 전화를 받지 않아요."

어느 날 밤 자정을 넘긴 시간에 유진이 울먹이면서 전화를 걸어왔다. 순서 없이 더듬거리는 목소리가, 대번 술에 취해 있음을 짐작하게 했다.

유진의 말을 요약하면 이랬다. 무슨 일이 있었는지 먼저 전화를 걸어온 나비가 수신 버튼을 누르자 대뜸 쏘아붙였다. 엄마, 다시는 전화하지 마. 나도 앞으론 다시는 전화하는 일 없을 거야. 딸 없다고 생각해, 나도 엄마 없는 고아라고 생각할 테니까. 유진은 너무 당황하고 충격을 받은 나머지 한동안 말이 나오지 않았다. 겨우 정신을 가다듬고 얘 얘, 너 갑자기 엄마한테 왜 그러니… 말하고 있었으나 전화는 이미 끊긴 후였다. 그러고는 아무리 송신 버튼을 눌러도 전화를 받지 않았다. 다음날은 아예 전화번호를 바꿔버렸다고 했다.

나비가 중학교에 진학한 무렵의 일이었다. 나비가 가출하기 시작한 시기와 거의 겹치는 때였다.

필두는 길게 한숨을 내쉬었다. 그의 생각은 자연스럽게 아내 쪽으로 이어졌다. 아내는 유진이 이혼한 이듬해에 서두르듯 그의 곁에서 홀연히 떠나버리고 말았다.

그날 아침에도 아내는 평일이나 다름없이 주방에서 식단 준비를 하고 있었다. 그 사이 필두는 실내 사이클을 타고 30여 분

달린 후, 샤워와 면도를 끝내고 거실로 나갔다.

필두는 그날따라 주방 쪽에서 찬 기운처럼 전해오는 이상한 적막을 느꼈다. 문득 그쪽으로 시선을 던지던 필두는 자기도 모르게 비명을 지르고 있었다. 아내가 개수대 수납장에 머리를 기대고 고꾸라진 채 바닥에 쓰러져 있었다. 그는 황급히 달려가 아내를 일으켰다. 아내는 눈을 감은 채 사지를 늘어뜨리고 겨우 가는 숨을 몰아쉬고 있었다. 구급차를 불렀다.

병원 응급실로 실려 간 아내는 끝내 깨어나지 못했다. 뇌경색이었다. 선천성 고혈압이 있긴 했어도 아내는 꾸준히 혈압강하제를 복용하며, 그때까지는 아무 이상 증세 없이 지내왔던 터였다. 갑작스러운 유진의 이혼으로 한동안 가슴앓이를 했으나 잘 이겨내고 있었다. 그렁저렁 정상적인 일상으로 돌아오는가 했었다.

참으로 허망한 이별이었다. 방금까지 팔짱을 끼고 걷고 있던 아내가, 한순간에 쩍 갈라진 땅속으로 사라지고 혼자만 살아남은 듯한 느낌이었다. 누군가가 자기를 속이고 있는 것 같았다.

필두는 상당한 기간 무시로 아내가 불쑥 문을 열고 들어올 것 같은 착각 속에서 살았다. 소주에 취해 겨우 잠에 떨어졌다가 졸지에 깨어 옆자리를 더듬어 아내를 찾을 때가 이어졌다. 그럴 때면 견딜 수 없는 슬픔과 고통이 몸을 옥죄어 와 극단적인 생각까지 들었다. 자리를 털고 일어나 소주를 더 퍼부었다.

 아내의 부재를 인정하기까지의 시간은, 끝이 보이지 않는 터널을 혼자 걷고 있는 것처럼 암담하고 절망적이었다. 누가 말했던가, 결국 시간이 약이었다. 결단코 아물지 않을 것 같았던 상처도 가차 없는 시간의 물결이 아주 조금씩 쓰다듬고 지나가는 사이에 딱지가 앉고 흔적만 남기다가, 마침내 살아남은 자는 살아가도록 만들었다. 그렇게 3년이 어느새 지나갔다.

 필두는 고개를 휘저었다. 취기가 떨쳐지지 않았다. 그렇다고 만취한 상태도 아니었다. 그는 일어나 냉장고의 문을 열고 아래 칸을 가득 채우고 있는 소주를 한 병 꺼냈다. 그는 다시 의자에 앉아 소주의 마개를 따고 방금 물을 마시고 비워둔 머그잔에 넘치도록 부었다.

 필두는 시립 화장장 영안실에 한 줌 뼛가루로 남겨 놓고 온 성호 내외를 떠올렸다. 새삼 가슴이 송곳으로 찌르는 통증이 일었다. 얼른 머그잔의 소주를 한입 가득 들이켰다. 성호는 고등학교 동기로 재학시절 소문난 단짝이었다. 새삼 두 사람이 지나간 세월 동안 쌓아온 교우의 날들이 눈앞으로 스쳐갔다.

필두와 성호는 고등학교 진학을 하면서 처음 만난 동기생으로, 친구들 사이에서 '꺽다리와 장다리'란 별명을 얻었다. 키가 큰 편인 필두와, 필두의 머리 하나쯤 작은 키의 성호가, 도무지 어울려 보이지 않는 놈들끼리 항상 붙어 다닌다고 얻은 별명이었다.

둘 다 비교적 품행 방자하고 공부 좀 하는 모범생이었다. 취미도 비슷해 문예반에 같이 가입해 활동하면서 더욱 친해졌다. 둘 다 문학적 재능은 고만고만했으나 독서를 좋아하고 헤르만 헤세를 좋아하는 등 깊은 우정을 다지는 조건이 차고 넘쳤다. 또한 고전음악 감상과 연극과 영화를 좋아하는 등 정서적 교감과 공감대도 깊었다.

특히 중학교 역사 선생이었던 성호의 아버지는, 그들이 고교생이었던 시절에는 매우 희귀했던 클래식 오리지널 재킷을 많이 보유하고 있었다. 필두는 종종 성호의 집에 가서 전축 턴테이블에 엘피음반을 올려놓고 같이 눈을 지긋하게 감은 채 음악 감상에 빠지곤 했었다. 모차르트의 현악 협주곡을, 특히 호른 협주곡을 두 사람 다 좋아했다.

그들은 부산의 같은 대학교에 지원하고 합격하고 졸업하고, 심지어는 ROTC로 군대 복무 생활도 비슷한 시기에 마쳤었다. 다만 성호는 아버지의 영향으로 사범대 역사학과를 택했고, 학업 성적이 다소 뒤처졌던 필두는 상경대학에 입학했다. 전공은 달랐으나 그들은 같은 캠퍼스 안에서 탈춤 동아리에 같이 가입하여 무시로 만나며 우의를 이어갔다.

성호는 제대하자 시내 여자중학교로 발령 받아 교사 생활을 시작했다. 필두는 당시 부산의 주력 산업이었던 신발회사에 취직했다. 그러구러 그들은 이마 푸른 10대에 친구로 만나서 노년을 맞기까지 우정을 이어가며 반세기를 살아왔다. 두 사람 사이에 쌓아온 신의의 두께도 세월과 비례했다. 그들은 가족들과도 무시로 오가며 허물없이 지냈다.

언제부터인가 성호의 몸이 표나게 수척해지기 시작했다. 얼굴에 감출 수 없는 그늘이 지고, 말수가 자꾸 줄어들었다. 가끔 갖는 동기들의 모임에도 이런저런 핑계로 빠지거나, 참석해서도 어울리지 못하고 서먹서먹 눈치를 보다가 먼저 자리를 뜨기도 했다.

필두는 어렴히 짐작하고 있으면서도 성호가 먼저 말을 꺼내기를 기다렸다. 그의 아들 문제였기 때문이었다. 아무리 친한 사이라도 자식 문제만큼은 속내를 다 드러내지 못하는 게 아비의 마음인 모양이었다.

성호는 잘 다니던 직장을 덜컥 그만두고 벤처사업에 뛰어든 그의 장남 때문에 오래전부터 고심을 거듭해 오고 있었다. 정부의 지원을 받으며 새로운 IT산업의 성공을 꿈꾸던 장남의 사업은 실패를 거듭했다. 성호는 아들의 재기를 위해 노후 자금은 물론, 거처하는 아파트까지 대출 담보로 잡혔다. 하지만 회복은 점점 어려워지는 모양이었다.

근간 들어 성호는 필두와 술자리에 마주 앉아도 입을 꾹 다물고 있었다. 그렇다고 필두만 내처 떠들고 있기도 어색했다. 성호의 속사정을 꼬치꼬치 캐물을 수도 없었다. 행여 마음에 상처를 줄까, 자존심을 상하게 하지는 않을까 조심스러웠다. 서로 얼굴만 멀뚱멀뚱 쳐다보며 소주잔만 비우는 일이 늘어갔다.

나흘 전이었다. 필두는 오전 이른 시각에 성호에게 전화를 걸었으나 받지 않았다. 점심을 같이 먹고, 오후 늦게 해운대의 한 뷔페 식당에서 모이기로 한 동기회에 함께 참석하자고 제안할 참이었다. 필두는 30분 간격으로 세 번이나 이어서 전화를 걸었다. 그때마다 통화를 할 수 없다는 메시지만 들려왔다. 이상하게 불길한 느낌이 불쑥 들었다.

며칠 전 췌장암으로 사망한 동기생의 장례식장에 참석했다가 헤어질 때였다. 지나가는 말처럼 불쑥 흘리던 성호의 말이 떠올랐다.

"제일 오래 살 것 같던 친구가 저렇게 앞서가다니, 산다는 게 새삼 허망하네. 하긴 언제 죽어도 죽어야 할 목숨이지만. 조금 일찍 가거나 나중에 간다고 무슨 차이가 있을까?"

고인이 된 친구는 유도선수 출신으로 평소에 남다른 건강을 자랑해 왔었다. 그는 지난여름 때아닌 감기를 오래 앓다가 의사의 권유로 대학병원에서 정밀검사를 받았다. 놀랍게도 췌장암 판정을 받았고, 3개월 만에 거짓말처럼 사망했다. 문상객 모두 그의 죽음이 믿어지지 않는다며 입을 모았었다. 병원과 약국을 이웃 삼으며 삶의 마감을 목전에 둔 노령기의 그들이었지만 역시 죽음은 두려움의 문이었다.

필두는 무엇에 쫓기듯 조급해지는 마음으로 집을 나섰다.

필두는 서둘러 성호가 사는 아파트 건물의 중앙 광장으로 들어서면서 저만큼 한 대의 구급차를 둘러싸고 있는 사람들의 무리를 발견했다. 바로 성호의 집으로 들어서는 출입문 부근이었다. 필두는 차마 그 구급차의 뒷문으로 연이어 옮겨지고 있는 들것에 성호 부부의 주검이 있으리라곤 상상도 하지 못했다. 부부가 숨을 거둔 지 사흘 만이었다.

성호 부부의 시신이 발견된 경위는 나중에 신문 보도를 통해 알았다. 아침 우유를 배달하는 아줌마가 체납 요금을 재촉하기 위해 현관 초인종을 눌렀으나 대답이 없었다. 아줌마의 시선이 문득 현관 옆의 배달 우유를 넣어두는 주머니로 갔다. 그날까지 배달한 우유가 고스란히 남아 있음을 그제야 알았다. 집을 비울 때면 늘 미리 알려주던 분들이었다. 이상한 느낌에 아줌마가 경비실에 문의하면서 사건은 밝혀졌다. 현관의 문을 강제로 열게 되고 부부의 시신이 발견되었다. 무연탄에 불을 피우고 문틈을 테이프로 막아 두었으며, 주검의 머리맡에 유서도 남겨 놓았다.

몇 년 사이 비슷한 형태의 노인 자살이 이어졌으나 차마 성호가 같은 길을 선택하리라곤 꿈에도 생각해 본 적이 없었다. 목숨을 끊거나 끊긴 다음 몇 개월씩 방치되어 있다가 뒤늦게 부패하거나 미라가 된 채 발견되는 비극도 잊을 만하면 발생하고 있는 게 현실이었다. 하기는 노인 자살률이 OECD 국가 가운데 첫손가락에 꼽힌 지도 수년이 계속되는 판이다. 그래도 어제까지 곁에 있었던 친구에게 같은 비극이 일어났다니 필두는 도무지 믿어지지 않았다.

그날, 성호의 장례를 끝낸 문상객들은 모두 주차장에 대기한 영구차에 올랐다. 그러나 필두는 혼자 남았다. 어쩐지 등을 돌리고 바로 떠나기가 성호에게 미안했다. 그는 화장장 광장의 장의자에 걸터앉아 무심히 하늘만 올려 보았다. 가슴에 눈물이 한가득 고였다. 누군가가 그의 옆자리에 나란히 앉았다. 같은 고등학교 동기 정수였다. 필두는 의외로 생각돼 말했다.

"무슨 일이 있었던 거야. 다른 문상객들이랑 같이 가지 않고."

"무슨 일은. 너도 이렇게 남았잖아."

정수는 빙긋 웃으며 이어 말했다.

"그냥. 마누라와 비슷한 시기에 하늘나라로 간 성호가 부러웠어. 같은 영안실에 있는 죽은 마누라도 생각나고. 우리 어디 가서 소주 한 잔 더 할까."

"참 그렇네…"

필두는 그제야 정수의 아내도 재작년 이맘때 늦은 가을에 초상을 치렀다는 생각이 들었다. 두 사람은 택시를 타고 지하철역에서 내려 근처 술집으로 들어갔다. 아직 대낮이었다. 그들은 고등학교 시절 추억의 주머니를 털어내 주거니 받거니 하며 소주를 들이켰다. 시간 가는 줄 몰랐다. 어지간히 꼭지가 돈 그들은 결국 두어 군데 술집을 더 들락거렸고, 어느새 날이 이슥해지고 말았다.

필두는 불쑥 그와 헤어지면서 정수가 마지막 던지던 말이 떠올랐다. 혀가 반쯤 꼬이는 소리였다.

"너 집에 들어가면 또 소주 마실 거지. 그러지 말고 같이 지낼 여자친구 하나 만들어. 내가 소개할게."

정수는 몇 달 전부터 콜라텍에서 만난 한참 나이 어린 여자와 지금은 동거하고 지내며 깨소금을 볶고 있다고 소문이 나 있었다. 필두는 해롱해롱한 눈으로 손을 흔들며 대답했었다.

"너나 잘하세요."

필두는 그때처럼 혼자 코웃음을 치고 다시 머그잔의 소주를 한입 가득 들이켰다. 죽은 아내가 슬그머니 곁으로 오는 것 같아 고개를 흔들었다. 얼른 바지 주머니에서 스마트폰을 꺼냈다. 지금은 남이 된 사위, 나비의 아버지에게 전화를 낼 생각이었다. 내 집에 와 있으니 재워서 보내마고 해야 할 것 같았다.

그는 그러나 이내 스마트폰을 그대로 식탁 위에 던지듯 내려놓았다. 나비의 아비는 그의 전화를 받자마자 달려와 저 애를 끌고 가려 할 것이 틀림없었다.

"할아버지 나 집 나왔어. 이유는 묻지 마요. 딱 하루만 여기서 자고 갈 거니까 아빠나 엄마한테 절대 이르지 말아요."

필두를 처음 찾아오던 날, 나비는 고개를 힘없이 늘어뜨리며 그렇게 말했다. 하지만 필두는 나비를 안심시킨 후, 제 아비에게 연락하지 않을 수 없었다. 나비가 여기 찾아와 있으니 안심하라고, 그리고 하루만 재우고 보내도 되지 않겠느냐고 했다.

나비의 아비는 득달같이 달려와 아이를 끌고 갔다. 그 후에도 나비는 잊을 만하면 필두를 찾아왔고, 같은 일이 반복되었다.

지난번에는 나비 아비가 아예 대놓고 불평까지 털어놓았었다.
"아버님께서 처음부터 엄하게 꾸짖고 내쫓으셨으면 이런 행동 반복하지 않았을 겁니다. 애가… 이젠 버릇이 됐어요."
사위는 마치 필두가 은근히 나비의 가출을 부추기고 있는 것처럼 의심과 원망이 가득한 말투로 뱉듯이 하고는 나비의 등을 떠밀고 갔다. 그 아이가 이번에는 술까지 마시고 찾아왔으니 또 무슨 원망을 할 것인가. 저런 애를 집으로 데리고 가서는 또 얼마나 들볶고 닦달을 칠 것인가?
필두는 남은 소주를 빈 머그잔에 마저 부어 단숨에 들이켰다. 팽개쳤던 핸드폰을 원망스러운 눈으로 지켜보다가 얼른 다시 집어 들었다. 불현듯 나비의 어미이자 딸인 유진의 생각이 떠올랐다.
필두는 자기도 모르게 자판의 2번을 힘주어 누르고 있었다. 이어 길게 울리는 발신음을 듣는 순간, 필두는 자기의 행동에 스스로 깜짝 놀랐다. 서둘러 스마트폰을 끄려고 했다.
"아빠, 저예요…"
유진이 먼저 응답하고 있었다. 너무나 귀에 익고 그리운 음성이었다. 가까우면서도 바다를 건너와 아득히 느껴지는 딸 유진의 목소리에 필두는 숨이 막혀 잠시 말문을 열지 못했다. 유진이 이어서 말하고 있었다.

"이 늦은 시간에 어쩐 일이세요."

반가우면서도 놀라워하는 음성이었다. 필두는 그제야 더듬거리며 대답했다.

"어어… 그냥 한번 해봤어… 잘 지내는가 하고… 별…일…없지이…"

유진의 음성이 밝아졌다.

"그럼요, 새로 생긴 이웃들도 모두 좋아해 주고요. 요즘은 장사도 꽤 잘 돼 재미가 붙었어요."

필두는 정말 더 할 말이 없었다. 유진의 음성을 듣는 것만으로도 흡족했다.

"그러면 됐다. 내가 너무 늦게 전화했구나?"

전화를 끝내려는 필두의 마음을 읽은 유진이 얼른 그를 붙들었다.

"아빠, 전화 끊지 말고 무슨 말씀인지 얼른 하세요. 아빠, 지금 술 마시고 계시잖아요."

필두는 그만 헛웃음을 웃고 말았다.

"너 귀신 다 됐구나…"

유진은 얼른 대답했다.

"아빠 딸이잖아요. 어서 털어놔 보세요. 저 오랜만에 아빠 얘기 듣고 싶어요."

유진은 마치 곁에서 자기 모습을 지켜보고 있는 것처럼 말했다.

그랬었다. 필두는 술에 취하면 일쑤 유진의 방을 두드리고 들어가 책상 앞에 앉아 공부에 열중하고 있는 등에 대고 공연히 말을 걸었다. 사랑하는 내 딸, 공부만 하지 말고 아빠랑 잠시 얘기를 나눌 시간을 주지 않겠니? 나 유진에게 할 말이 많거든… 한참 옛적 유진이 중학생이거나 고등학생 때의 일이었다.

세상에 그러지 않은 아버지가 어디 있겠느냐만, 필두의 유진에 대한 사랑은 남달리 유별났었다. 유진은 보기만 해도 온갖 걱정 근심 피로가 눈처럼 녹아내리는 마법의 딸이었다. 보석처럼 소중하고 소중해서 돌아서면 금방 보고 싶고, 보고 나서는 행여 들킬까 다칠까 얼른 감추고 싶은 딸이었다.

유진은 아들 경환이를 낳고 세 차례나 유산을 한 아내가, 하마터면 목숨과 바꿔야 할 위기를 넘기면서 어렵게 얻은 딸이었다. 아내는 유진을 얻기 위해 자궁 적출 수술을 받아야 했다. 그래서인지 아내의 유진에 대한 애정은 끔찍할 정도였다.

필두도 유진이 처음 얻은 아이처럼 소중하고 사랑스러웠다. 더욱이 유진이 중학생이 되던 해에, 아들 경환이는 과학고를 한

학년 월반해 2년 만에 졸업하고 서울 명문대학으로 진학했다. 이어 2년 후에는 미국으로 떠나버렸다. 지도 교수와 학교 측의 적극적인 추천과 권유로 미국의 대학으로 유학하게 되었다. 유진은 오빠가 비운 자리의 몫까지 더해 부모의 사랑을 독차지하다시피 했다.

아들 경환이는 초등학교 시절부터 국내는 물론 해외의 수학과 과학 경시대회에서 금메달을 연이어 받았다. 선생들은 경환이 특별히 과학적 재능이 뛰어나다고 말했다. 대견하고 자랑스러운 일이었지만, 경환이를 공항에서 보내고 돌아선 필두 부부는 마치 아들을 누구에게 빼앗긴 듯한 아쉬움과 허전함을 뿌리치지 못했다.

필두와 아내는 아들을 잃은 듯한 결핍의 감정을, 곁에 남아 있는 유진을 통해 위안과 보상을 받고자 했을 것이다. 가끔 외고집을 부리긴 했으나 매사 밝고 긍정적인 성격의 유진은 엄마 아빠의 기대에 충분히 보답했다. 아내가 유진의 이혼 이후 급격히 건강이 악화한 데는, 유진에 대한 그러한 오랜 집착 같았던 애정과 기대가 지나치게 컸던 탓도 없지 않았을 것이다.

필두는 나비가… 하고, 말을 꺼내려다 얼른 고개를 흔들며 생각을 바꾸어 말했다.

"성호 아저씨가 사흘 전에 돌아가셨다. 오늘 장례식장에서 마지막 인사를 나누고 온 길이다."

유진이 대번 아는 척했다.

"아, 옛날 나만 보면 큰아버지라고 부르라시던 아저씨. 아빠하고 가장 친한 친구셨잖아요. 아빠, 그래서 크게 마음 다치셨구나… 우리 집에도 무시로 드나드시며 엄마를 '제수 씨'라고 부르며 농담도 곧잘 하셨잖아요."

필두는 고개를 끄덕이며 대답했다. 치밀어 오르는 울먹임을 겨우 참느라 식은땀이 솟았다.

"잘도 기억하고 있구나. 그래, 나랑은 가장 말이 잘 통하고 죽이 맞았던 형제 같은 친구였지…"

필두는 그러나 성호 부부가 동반자살을 했다는 말까지는 할 수가 없었다.

"아빠, 아빠, 듣고 계셔요?"

높아진 유진의 목소리가 귀청을 울리는 바람에 필두는 번쩍 정신을 차렸다.

"그래, 그래 듣고 있어…"

필두의 더듬거리는 대답에 유진의 걱정이 잔뜩 실린 음성이 이어졌다.

"워낙 가깝게 지내시던 분이니까, 더욱이 엄마도 곁에 안 계시니까, 아빠의 상심이 더욱 크실 테죠. 나라도 아빠 곁을 지켜야 하는 건데. 아빠, 정말 미안해요."

그제야 필두는 유진의 말을 막았다.

"야 임마, 네 걱정이나 해라, 아빠는 어떡하든 건강하게 살아갈 거야…"

필두는 문간방에 재워둔 나비의 생각이 났지만 차마 그 얘기는 꺼낼 수가 없었다. 겨우 안정을 찾아가고 있는 딸 앞에 던지는 폭탄이 될지도 모를 일이었다. 유진이 금방 말을 받았다.

"아빠, 미국에서는 소식 자주 와요?"

아들 경환이 얘기였다. 필두는 잠시 머뭇거리다가 대답했다.

"그럼, 어제도 저녁에 전화가 왔었어. 화상통화로. 자꾸 며느리랑 아이들이랑 통화를 하라는 데 내가 혼이 났어. 말이 통해야지. 진작에 영어를 익혀뒀어야 하는 건데… 지금이라도 배워볼까 해봤지만, 금방 외운 말도 돌아서면 잊어버려서…"

그제야 유진의 가벼운 웃음소리가 들렸다. 흐르는 시냇물처럼 맑고 투명하게 이어지는 웃음.

"호호호… 지금 와서 새삼 무슨 영어 공부에요. 그냥 손주 며느리 얼굴 보면서 대답만 응응하시고 고개만 끄덕끄덕하시면서 오케이 오케이만 하세요?"

 필두의 아들 경환이는 미국 항공우주국(NASA)에서 근무하는 로켓 엔지니어였다. 경환은 같은 부서에 근무하던 이탈리아계 미국 여성과 결혼해 열다섯 살인 손자와 열세 살인 손녀 남매를 키우고 있었다. 그는 MIT 공대에서 석박사 학위를 받았고 미국 여성과 결혼해 미국 땅에 뿌리를 내린 흔한 동양계 미국인의 한 사람이었다.

 경환은 어머니 장례식 때 파란 눈에 금발인 외국인 아내와 아이 둘을 데리고 한국을 다녀갔다. 그들 가족이 한국을 방문한 것은 그때가 처음이었고 마지막이었다. 그의 결혼식도 미국에서 치렀고, 필두 부부는 그가 보내온 초청장으로 미국으로 건너가 참석했었다.

 머리 좋은 아들은 나중 제 처가의 아들이 된다네. 천재로 소문난 경환이 큰 상을 받았다는 뉴스라도 나면, 친구들은 필두에게 부러움과 시기가 섞인 그런 농담을 예사로 던지곤 했었다. 경환이 미국으로 유학을 떠나자 야야, 너 조만간 금발 며느리 보게 되는 것 아니냐. 하고, 축하 끝에 놀리기도 했다. 말이 씨가 된다고 그대로 실현된 셈이었다.

 아내의 장례를 치르고 경환 식구들이 떠난 후에는 상가에 참례

하는 필두 며느리와 손주들을 보니까 글로벌 시대를 실감하겠더라고. 이제 단일민족이니 백의민족이니 하는 소리는 전설의 고향에나 나올 말이 된 거지. 하이고, 다 국뽕들 하는 소리네요. 고대에 벌써 인도의 며느리를 맞이했고, 수많은 외침으로 중국 몽골 일본 사람들의 피가 뒤섞여 흐려진 지가 언제인데… 그렇게 대놓고 숙덕거리기도 했었다.

필두는 가끔 경환이 보고 싶었다. 가슴 저미도록 보고 싶어지는 때가 있었다. 파란 눈과 금발을 가진 며느리도 보고 싶었다. 그리고 경환과 며느리를 섞어놓은 듯한 손주들이 정말 보고 싶었다. 몇 번이고 핸드폰을 쥐고 영상 통화 버튼을 누르려다, 그놈의 짧은 영어 실력과 도무지 이어지지 않는 의사소통의 어려움이 생각나 포기하곤 했다. 속마음 모르는 친구들은 뒷전에서 혼혈아의 다른 일본말인 '아이노코'라며 수군거리는 걸 모르지 않았다. 하지만 그에게는 보물 같은 손주들이었다.

경환은 제 어미 첫 기일에 딱 한 번 전화를 걸어온 이후 2년이 되도록 아직 한 번도 전화를 걸어온 적이 없었다. 그러함에도 필두는, 누가 경환의 안부를 묻기라도 하면 바로 며칠 전에 화상 통화를 한 것처럼 거짓말을 능청스럽게 늘어놓았다. 거짓말을 할 때면 얼굴부터 붉어지는 그가 왜 그러는지는 자신도 알 수가 없었다. 유진이 앞에서도 마찬가지였다.

"아빠, 또 술 많이 마셨구나!"

유진이 고개만 돌려서 방긋 웃으며 말했다. 푸푸 숨을 쉴 때마다 풍기는 술 냄새를 삼키며 살그머니 방문을 열고 유진에게 다가간 필두는 걸음을 멈추었다. 아이고 착한 내 딸, 이 시간까지 공부냐. 그러고 잠은 언제 주무십니까, 사랑하는 나의 공주님. 필두는 취기에 몸을 흔들며 너무 사랑스러워 꼭 안아주고 싶은 마음을 누르며 한참을 서서 있었다.

등을 보인 채 책상 앞에 앉아 공부에 열중하고 있던 유진이 배시시 웃으며 말했다. 아바마마, 술 향기 그만 뿌리시고 얼른 어마마마 곁으로 가서 주무시기나 하시지요. 필두는 감추고 있었던 케이크 상자를 유진의 눈앞으로 짜잔- 내밀며 한 걸음 더 다가서려 했다.

무슨 해괴한 일인지 필두의 발이 방바닥에 얼어붙은 듯 떨어지지 않았다. 그는 조급해져 다리에 더욱 힘을 주며 발을 떼놓으려 했으나 꼼짝하지 않았다. 아빠, 왜 그래? 유진이도 놀랐는지 걱정스러운 얼굴로 걸상에서 벌떡 몸을 일으켰다.

"할아버지 술 많이 마셨구나!"

필두는 거듭 떨어지지 않는 발에 힘을 주다가 문득 잠에서 깨어났다. 아직도 귀에 생생한 유진의 목소리에 소스라쳐 돌아보니 나비였다. 어느새 깨어났든지 필두의 어깨 곁에 서서 배시시 웃고 있었다. 아이쿠, 이 녀석 커가면서 목소리도 제 어미를 닮아가는구나. 필두는 눈을 껌벅이며 나비의 얼굴을 한 번 더 확인하듯 올려 보았다. 언제 술에 젖어있었냐는 듯 껍질 깐 달걀처럼 희고 곱고 티 없이 맑은 얼굴이었다. 어릴 적 제 어미도 그랬다.

"너 언제 일어났니…"

필두는 얼른 정신을 수습하며 말했다. 술에 취한 것 같더니, 라는 뒷말은 맘속에 남겨두었다. 유진이와는 어떻게 전화를 마무리하고 끊었는지 잘 생각이 나지 않았다. 아들 경환이 얘기 끝에 거푸 들이켠 소주 탓으로 갑자기 취기가 올라, 내가 너무 늦은 시간에 전화를 내어 네가 걱정하게 만들고 있구나…, 그렇게 어물거리며 서둘러 핸드폰을 닫은 것 같기는 했다.

"방금요."

나비가 배시시 웃으며 대답했다.

"화장실 가려고 나왔더니 할아버지께서 식탁에 엎드린 채 잠이 드셨기에 제가 흔들어 깨웠어요. 방에 들어가 주무셔야지요. 감기라도 들면 어쩌시려고요."

나비는 걱정스러운 표정으로 필두의 두 어깨를 잡아 애교스럽게 흔들었다.

"네가 내 걱정을 다 해주는구나."

필두는 의자에서 몸을 일으켰다. 벽시계를 보니 새벽 3시다.

"시간이 벌써 이렇게 됐구나. 내 걱정은 말고 들어가서 얼른 자거라."

필두는 나비의 등을 살며시 밀며 말했다. 나비는 제자리에 붙박인 듯 꼼짝 않고 필두의 얼굴을 빤히 쳐다보며 입을 열었다.

"저 할머니 주무시던 자리에서 자면 안 돼요?"

필두가 얼른 대답할 말을 찾지 못하고 멈칫하는 사이, 나비는 말을 이었다.

"나 혼자 자기 싫어요, 할아버지 곁에서 자게 해 줘요."

필두는 그제야 다소 어이없어하면서 웃었다.

"야 이놈아, 노인 냄새 나는 할아버지 곁이 뭐 좋다고 그래. 내일이면 친구들이 네 몸에서 고약한 노인 냄새 난다고 난리를 치면 어쩌려고…"

나비는 입을 삐죽거리며 억지 부리듯 말했다.

"피이, 난 할아버지 냄새가 좋기만 한데, 할아버지 냄새만 맡으면 금세 잠도 들고요. 오늘 딱 한 번만 더 할아버지 곁에 자게 해줘요. 그리고… 그리고…"

잠시 말끝을 흐리던 나비가 갑자기 울먹울먹하더니 필두의 무릎에 얼굴을 파묻었다. 이내 폭발하듯 통곡하듯 어깨를 들먹이며 울부짖었다.

"나 정말은 할아버지 집에서 살고 싶어요. 할아버지랑 여기서 같이 살면 안 돼요? 나 정말 아빠랑은 더는 같이 살기 싫단 말이어요. 할아버지랑 같이 살게 해 줘요, 네…"

필두는 당혹하고 난감했다. 나비의 울부짖음이 고스란히 가슴을 치고 들어왔다. 이 어린 것이 그동안 얼마나 안으로 꾹꾹 누르고 참아왔으면 이렇게 서러움을 쏟아내겠는가. 오죽했으면 술을 마시고 이 할애비를 찾아왔겠는가. 안타깝고 가련했다. 애달프고 착잡했다.

필두는 아무 말도 할 수가 없었다. 그저 나비의 들썩이는 어깨를 가만히 다독거리고 울음을 그칠 때까지 기다리고 있었다. 나비는 필두의 무릎에 얼굴을 더욱 뜨겁게 파묻으며 그칠 줄 모르고 서럽게 서럽게 흐느꼈다. 필두는 그렇다고 나비를 섣불리 달래서는 안 될 일이라 생각했다. 나비는 외손녀이기도 했으나 지금은 엄연한 남의 집 딸이었다. 잠시 혼란스러웠으나 필두는 작심하고 나비의 어깨를 힘주어 잡아 일으키며 꾸짖듯 말했다.

"너 그런 소리를 함부로 하면 못쓴다. 아빠랑 살기가 싫다니. 그게 가당키나 한 소리야. 이 세상에서 너를 가장 사랑하는 사람이 아빠야. 물론 때로는 아빠가 마음에 들지 않아 싫어질 수도 있겠지. 그렇지만 아빠는 늘 네 편이란 걸 잊어서는 안 돼. 이 세상 모든 아들딸은 다 그렇게 부모의 사랑을 받으면서 때로는 반항하며 성장하고 발전해 나가는 거란다."

나비는 고개를 발딱 들어 필두를 마주 보았다. 펑펑 쏟아진 눈물로 온통 젖어있는 얼굴이 소낙비를 맞은 듯했다. 나비는 거듭 고개를 가로저으며 저항하듯 울부짖었다.

"학교 심리상담 선생님 같은 그런 말은 이젠 지겨워요. 진력이 나도록 듣고 또 들었어요. 왜 제 속에 든 이 마음은 아무도 모르는 척하시는 건가요. 나 다시는 집에 안 들어갈 거예요. 오늘도 오빠들이 술 사주면서 서울로 같이 가서 가출 패밀리로 살자고 하는 걸, 할아버지 생각에 간신히 뿌리치고 도망쳐 왔단 말이에요. 나 할아버지랑 같이 못 살게 되면 오빠들에게 연락해 서울로 도망쳐 버릴 거예요."

필두는 기가 막혔다. 그는 한참 동안 말문을 닫은 채로 눈물로 범벅이 된 나비의 얼굴을 지켜보았다. 가슴이 터질 것 같았다.

아아…, 이 아이를 어떻게 할 것인가. 이 소중한, 이 가련한 아이를 어떻게 해야 좋단 말인가!

필두는 그러나 아무런 신통한 해결책도 떠오르지 않았다. 그저 막막하고 답답하고 안타깝고, 마침내 대상 모를 울분이 끓어올랐다. 이제는 남이 된 사위와 멀리 제주도에서 혼자 생활하는 딸과 미국의 아들과 손주와 며느리, 그리고 죽은 아내가 혼란스럽게 뒤범벅되어 머릿속에서 뒤엉켰다.

나비는 필두의 무릎에 다시 얼굴을 파묻으며 흐느끼고 있었다. 밤을 새워도 멈추지 않을 것 같았다. 나비의 계속되는 흐느낌은 점점 필두의 가슴을 칼날처럼 후벼파고 들었다. 필두는 자기도 모르게 나비의 어깨를 와락 껴안았다. 마치 그것만이 자기가 할 수 있는 최선의 해결책인 것처럼,

"이놈아, 그래… 그래… 실컷 울어라. 너 마음 내가 다 안다. 이 할아버지도 너랑 같이 밤새 울고 싶구나. 울어라… 어디 한번 속이 시원해질 때까지 실컷 같이 울어보기라도 하자!"

필두는 나비의 등을 하염없이 쓸어내리며 목이 잠기는 소리를 겨우 토해냈다. 노인의 마른 눈물이 주름진 그의 두 뺨을 타고 주르르 흘러내렸다.

다시 만나게 된다면

나는 미자를 여고생이었을 때 처음 만났다.

나는 삼십대 초반의 아이 둘을 가진 가장이었다. 연전에 월급쟁이 노릇을 청산하고 서울 마포 공단 귀퉁이에서 자그마한 선박부품공장을 시작하고 있었다. 인천에서 국내 굴지의 조선업체에 주요 부품과 기자재를 제작 납품하는 중기업 사장인 사촌 처남이 길을 열어 주었다. 생산 부품 전량을 처남의 회사에 납품하는 재하청 업체여서 꽤 안정적인 수입이 보장되었었다.

도심 외곽지역에 형성된 공단은 고만고만한 크고 작은 규모의 공장들이 서로 어깨를 맞대며 밀집해 있었다. 인근에 산재한 마을에는 일자리를 찾아 여러 지역에서 몰려든 사람들과 토착민이 섞여 살았다. 그들은 대개 공단에서 단순노동을 하거나, 아니면 가까운 시장 등에서 날품을 팔아 겨우 생계를 이어가거나 했다. 착하고 성실한, 그래서 대개는 힘겹게 묵묵히 살아가는 빈한한 주민들이 많았다.

어느 날 동장(洞長)이 내 공장으로 찾아왔다.

나는 처음 무슨 동 단위 행사에 찬조금이라도 얻어 내려고 왔는가 짐작했다. 평소에도 잊을 만하면 동사무소며 파출소 소방서 등에서 담당자네 하며 찾아왔었다. 그때마다 이런저런 핑계로 은근히 내미는 손에 적당히 돈봉투를 쥐여 주는 게 일종의 관행이었던 시절이었다.

그러나 동장이 꺼낸 말은 나의 예상을 훨씬 빗나갔다.

"어려우시겠지만 사정이 딱한 딸아이 하나를 사장님 공장서 잔심부름이라도 시켜주시면 하고…"

관할 동민의 딸 한 명을 내 공장에 취업시켜달라는 요청이었다.

야간학교 여고생인 그 딸의 가정환경은 최악이었다. 할머니는 중풍으로 자리에 누운 지 오래고, 공사장 막일을 하던 아버지는 추락 사고로 장기 입원 중이었다. 행상으로 식구의 생계를 어렵게 이어가던 어머니마저 며칠 전 교통사고를 당했다. 삼 남매의 맏이인 그 딸이 공원으로 일 나가던 인근 공장도 다른 곳으로 이전해 버렸다. 생계를 이어갈 모든 수단이 끊긴 채, 한 가정이 고립된 섬으로 버려져 있는 상태였다.

다소 의외였지만, 나는 여간 당황스럽지 않았다. 차라리 얼마큼의 돈으로 때울 수 있다면 해결은 간단했을 터이다. 난데없이 취업 부탁이라니 참으로 난감했다. 내 공장에는 당장 사람의 손이 더 필요하지 않았다.

더구나 그 딸은 야간학교 학생이었다. 내가 쓴다고 해도 다른 직원들보다 몇 시간씩이나 일찍 퇴근시켜야 했다. 이른바 '손발이 맞아야 하는' 현장 일에는 더욱 적합하지 않았다. 겨우 가내공업을 면한 작은 공장이라 따로 맡길 만한 사무보조 업무도 없었다. 내가 선뜻 대답하지 못하고 머뭇거리고 있자 동장은 두 손을 모으며 간청했다.

"정 곤란하시면 불쌍한 이웃 구원하시는 셈 치고 두서너 달만이라도 써 주십시오. 그동안 딴 곳의 일자리를 알아보겠습니다."

나는 더는 뿌리칠 수가 없었다.

먼저 동장의 마음 씀씀이가 나의 가슴을 울렸다. 관할 동민의 어려움에 그처럼 발 벗고 나서기란 말처럼 쉬운 일은 아니었다. 그 시절 공무원은 대개 권위주의의 대명사처럼 여겨졌었다. 관공서 앞을 지나는 주민은 공연히 주눅 들고 겁을 먹어 조심스러웠다. 더욱이 동장이란 지역 내에서는 상당한 재량권을 과시하는 말단 권력이었다.

동민의 고충을 살피고 해결에 앞장서는 동장의 모습은 내게 일견 신선한 충격이었다. 참된 공복을 만났다는 작은 감동이기도 했었다.

다음 날 아침 동장이 데리고 나타난 아이가 바로 미자였다.

약간 겁에 질린 표정으로 동장의 뒤를 주춤거리며 따라온 미자는 열일곱 살 나이보다 훨씬 앳되어 보였다. 말라서 슬프도록 창백한 얼굴에 쌍까풀 진 눈이 왕구슬처럼 컸다. 금세 울음을 터뜨릴 것만 같았다. 바람이라도 강하게 불면 곧장 쓰러질 듯 허약해 보이기까지 했다.

나는 처음 동장 청대로 미자를 그저 한두 달 곁에 두고 월급이라도 좀 넉넉히 주려고 했었다. 그런데 어느 사이 미자는 공장의 전모를 훤하게 꿰뚫고 자기가 할 수 있는 일을 찾아내고 척척 해내기 시작했다. 새벽같이 가장 먼저 출근해 공장 한 켠에 마련된 내 사무실 책상과 집기부터 시작해 좀처럼 손닿기 힘든 공장 구석구석까지 말끔히 청소해 놓았다. 그리고 공장 여기저기에 아무렇게나 흩어져 있던 장비며 기구들을 한자리에 모아 정리 정돈하는 등 서로 미루고 있었던 잡다한 일을 서슴없이 해치웠다. 몸놀림이 재빠르고 빈틈이 없었다. 공장의 얼굴이 달라졌다며 직원들 모두가 입을 다물지 못할 정도였다.

마침 조선업의 활황과 함께 원청업체의 수주량이 급격하게 늘어났다. 내 공장의 수주량도 덩달아 폭주하기 시작했다. 생산 기계 라인을 배로 늘였다. 납품하는 부품의 종류도 늘어났다. 처남 회사 말고도 다른 중소 선박회사의 부품도 수주 받았다. 직원도 댓 명을 더 채용했다. 원자재 주문과 완성된 부품의 납품 등에 따르는 사무량도 늘어났다. 나 혼자서 감당하지 못할 지경이 되었다.

수시로 드나드는 거래처 손님을 접대하기 위한 사무실을 별도로 만들어야 했다. 은행의 입출금과 경리 장부 정리 따위의 일을 보조하고 심부름할 사람도 필요해졌다. 미자가 전담할 고유의 역할이 저절로 생긴 셈이었다. 마치 예상하고 미리 미자를 채용해 둔 것처럼 회사 상황이 급변했었다.

미자는 그렇게 내 공장에서 성실한 경리 보조 역할로 2년 넘게 근무했다.

그 사이 중풍의 할머니와 아버지가 차례로 돌아가셨다. 다행히 온전한 몸으로 다시 기력을 회복한 어머니가 행상에 나서게도 되었다. 하지만 미자의 가정 형편은 크게 좋아지는 것 같지 않았다.

야간 고등학교를 졸업한 미자는 진학은 엄두도 내지 못했다. 아래로 딸린 두 동생도 각각 중·고등학교로 진학해야 했기에 학비를 부담할 여력이 없었다. 나는 미자를 따로 불러서 야간 대학에 입학하면 등록금을 지원하기로 약속했다. 그 정도의 보너

스는 더 주어도 좋을 만큼 미자는 이미 충분한 역할을 다하고 있었다. 내가 처음 기대한 이상으로 공장의 기반은 탄탄해지고 수주량은 지속적으로 증가하고 있었다.

미자는 뛸 듯이 기뻐하는 감정을 감추지 못해 눈물을 쏟았다.
"사장님 고맙습니다. 이 은혜는 잊지 않고 반드시 보답하겠습니다."

그러나 불행은 늘 불행한 사람의 발꿈치만 따라다니는 모양이었다.

미자가 대학을 입학한 그해 봄이었다. 행상을 마치고 귀가하는 길목에서 미자의 어머니가 갑자기 모로 쓰러졌다. 과로의 축적에서 오는 심근경색이었다. 병원으로 옮겼을 때는 이미 운명한 다음이었다. 미자의 세 남매는 졸지에 고아 신세가 돼버리고 말았다.

어머니의 장례를 치르고 며칠 지난 뒤, 미자를 앞세운 미자의 외삼촌이 공장으로 찾아와 나를 방문했다. 장례식 때 인사를 나눈 미자의 외삼촌은 부산 자갈치시장에서 횟집을 열고 있다고 했다. 누이동생의 사망 소식을 듣고 달려온 그는 조카들을 부산으로 데리고 가겠다고 했다.

"집안 어른들끼리 합의한 일입니더. 우리는 야들이 이렇게 고생하고 사는지는 전혀 몰랐심니더. 그라고 미자 이놈아는 자꾸

지 혼자서라도 여기 공장에서 남아 일하겠다고 하지마는, 다 큰 가시나를 혼자 내삐리두고 갈 수는 엄고요."

미자는 외삼촌 곁에서 말없이 시종 눈물만 흘리고 있었다. 가끔 감당하기 힘든 슬픔으로 가득한 크디큰 눈망울을 들어 나를 바라보곤 했다. 마치 자기를 잡아달라고 애원하는 듯했다. 그러나 나는 미자가 외삼촌과 함께 부산으로 가는 것이 올바른 선택이라고 믿었다. 그 어리고 여린 몸으로 이 거친 바닥에 혼자 남는다는 것은 많은 위험이 뒤따를 터였다. 아직은 믿음직하고 든든한 어른 아래서 보호받으며 지내는 것이 맞다고 생각했다.

"미자야, 네 마음은 알겠다만 아직은 외삼촌의 말씀을 따르는 것이 바른 길이라고 생각된다. 부산에 내려가서도 지금까지 한 것만큼만 용기 잃지 말고 무엇이든 열심히 씩씩하게만 해라. 나는 확신해, 넌 반드시 성공할 거야."

내가 마지막으로 미자의 손을 감싸 쥐며 진심으로 당부한 말이었다.

미자는 부산으로 내려간 후에도 한동안 잊을 만하면 편지를 보내왔다. 외삼촌의 횟집에서 일 잘하고 있다, 그동안 보살펴주셔서 감사하며 은혜는 잊지 않겠다는 등의 의례적 안부였다. 그러다가 내가 인천의 공단으로 공장을 확장해 옮기느라 바쁘게 오가는 사이 그만 연락이 서로 끊어지고 말았다.

내가 미자를 다시 만난 것은 그로부터 12~3년이 흐른 다음이었다. 봄 햇살이 솜이불처럼 온몸을 감싸는 늦은 아침 시간이었다. 나는 부산 용두산공원 광장을 거의 몽롱한 정신으로 걷고 있었다. 전날 밤의 폭음으로 뒤엉키고 쑤시는 두통을 겨우 누르며, 어떻게든 빨리 내 삶의 끝장을 보아야 한다는 막연한 생각에 쫓기고 있었다. 갑자기 한 무리의 비둘기 떼가 내 몸을 감싸듯 푸드덕거리며 날아올랐다. 놀라 얼결에 고개를 들고 보자 이순신 장군 동상 앞이었다. 날아오른 비둘기들은 금세 내 발치 앞으로 내려앉아 다른 무리에 섞이며 구구거리고 모이를 쪼기 시작했다.

그때였다.

"혹시 김 사장님 아니세요?"

앞쪽에서 어떤 여인이 나를 부르는 것 같았다.

처음 나는 착각이거니 했다. 나는 부산에 아무 연고도 없었다. 대학생 시절 해운대 해수욕장을 두어 번 다녀간 것 말고는 부산을 방문할 일도 없었다. 부산에서 나를 알아볼 사람이 있을 턱이 없었다. 나는 무심코 고개를 들었다. 문득 주위를 밝게 만드는 화사한 흰빛 원피스 차림의 한 숙녀가 내 앞에 서 있었다. 미자였다. 나는 놀라고 당황할 수밖에 없었다.

"아아… 너, 너 미자구나!"

"네에, 저예요, 저 미자예요. 알아보시는 군요!"

정말 그랬다. 깡마른 체격에 유난히 희디흰 피부와 쌍꺼풀진 커다란 눈과, 동장의 등 뒤에 겁먹은 듯 숨어 더욱 애처로웠던 아이. 십수 년 세월의 물살과 더불어 성숙한 여인으로 변해 있었으나 그때의 미자가 틀림없었다.

하지만 나는 허물없이 반가워 기뻐하는 미자가 이내 어색하고 부담스러웠다. 우선 엉망이 되어있을 내 몰골이 부끄러웠을 것이다. 더구나 나는 그때 누구를 만나 반기고 기뻐하기에는 너무나 혼란스럽고 불안한 상태였다. 그러면서도 나는 손목을 부여잡고 놓지 않는 미자에게 이끌려 '부산타워' 커피숍으로 들어가고 있었다.

놀랍게도 미자는 내가 오래전에 부도를 내고 공장의 문을 닫았으며, 경제사범으로 징역형을 받고 옥살이를 치렀다는 사실을 알고 있었다. 그것도 며칠 전 우연히 미자를 알아본 내 공장에서 근무한 한 직원을 만나 전해 들었다고 했다. 그러나 그 직원은 공장의 문을 닫게 된 수개월 후 부산으로 내려와, 형기를 마친 이후 내 행방에 대해서는 전혀 모르고 있었던 것 같았다.

"저 얼마나 사장님 걱정하고 슬퍼했는지 몰라요. 그런데 여기서 이렇게 만나다니 꿈만 같아요."

인천의 공단으로 확장 이전한 내 부품공장은 탄탄대로를 달렸다. 직원은 30여 명으로 늘어났다. 직원 숙소와 구내식당이 딸린 내 공장은 그런대로 건실한 소기업의 모양을 갖추어 갔다.

마침 조선업은 세계 정상의 기술을 자랑하며 새로운 경제 대국으로 부상하는 중국을 업고 넘치는 수주량으로 비명을 지를 정도였다. 선박 부품업체며 설비업체들 또한 주야로 공장을 가동해도 모자랄 만큼 호황을 구가했다. 내 공장에도 동력 벨트와 기계 소리가 밤낮으로 멈추지 않았다.

IMF 태풍이 불어닥쳤다.

가장 먼저 처남의 원청회사인 조선회사가 정부의 강력한 구조조정으로 다른 회사와 합병되면서 무너졌다. 조선업의 활황만 믿고 항운 사업 등 관련 산업으로 문어발식 기업을 확장한 탓이라고 했다. 그 회사에 명줄을 대고 있던 처남의 회사가 쓰러지는 건 당연했다. 그리고 처남의 재하청 업체인 내 공장이 주저앉는 것은 도미노 현상의 마침표였다.

부도 2개월 전에 처남은 나에게 미리 정보를 주었다. 회사 자금을 요령껏 정리해 만약의 사태에 대비하라고 권유했다. 나는 비겁하고 용렬한 짓은 하고 싶지 않았다. 창업 멤버인 공장장과 경리과장을 비밀리에 불렀다. 자진 폐업을 각오하고 이후에 처리하고 정리해야 할 여러 문제를 논의했다. 종업원들의 퇴직금과 밀린 월급을 정산할 준비를 시키고, 비품 대금과 차량 유류비 등 사소하게 밀린 회사 부채는 서둘러 갚도록 했다. 다만 거래 규모가 큰 몇몇 회사에 지고 있는 부채는 처남 회사를 비롯한 다른 조선업체에 납품한 대금을 받지 못하는 한 변제 방법이 없었다.

나는 최악의 결정을 내려야 했다. 회사 식당에 전 종업원을 모아놓고 폐업을 알리고 해산식을 가졌다. 종업원들과 나는 서로의 어깨를 부여잡고 울었다. 나에게 남은 것이라곤 아무것도 없었다. 나는 고의 부도를 내고, 채권단의 고발로 경찰에 구속되었다. 나는 법원의 징역 3년을 선고한 1심 판결에 항소 없이 승복하고 교도소에서 수감생활을 치렀다.

그 사이 아내는 지인의 소개로 인천 시가지에 다방을 인수해 두 남매의 뒷바라지를 하고 있었다. 그나마 경제적 여유가 있었던 처가의 지원으로 남은 가족의 걱정을 덜게 돼 다행으로 생각했다. 나중에 그것이 예기치 못한 화근이 되리라고는 전혀 생각하지 못했다. 아내가 다방을 인수했다는 소식을 들은 그 무렵 주변

사람들은 '하필이면 물장사를…'하며 혀를 끌끌 찼다고 나중에야 들었다.

형기를 끝내고 교도소 문을 나섰으나 나는 당장 아무것도 할 수 있는 게 없었다. 문자 그대로 빈손을 바람에 날리는 백수였다. 취업을 하기에는 이미 늦은 나이에 전과 낙인까지 찍힌 몸이었다. 거의 일 년을 허수아비처럼 지냈다. 어느 날인가 공연히 거리를 헤매던 끝에 아내의 다방 문을 열고 들어서다 도망치듯 나왔다. 아내가 낯선 사내와 나란히 머리를 기대고 앉아서 무슨 얘긴가를 나누고 있었다. 뜨거운 기운이 목을 타고 오르며 걸음이 허청거렸다. 감옥살이 끝낸 친구에게 말하긴 그렇지만, 자네 마누라 잘 지켜보게… 출옥하자 두부를 먹이고 술자리를 마련한 친구 중의 하나가 얼큰하게 취한 음성으로 내뱉던 소리였다. 그때는 무심히 흘려들었으나 그냥 흘릴 말이 아니었다 싶었다.

하루는 새벽 인력시장에서 건축물 터파기 공사의 인부로 따라나섰다. 다른 인부들의 일손을 되레 방해하는 꼴이 되어 반나절 만에 십장에게 쫓겨났다. 그날 밤 나는 아내가 오기를 기다리며 거실에서 안주 없이 소주를 병째 마시고 있었다. 아마도 서너 병을 넘게 비웠을 무렵인, 자정이 넘어서 아내가 들어왔다. 평시나 다름없이 노상 늦은 퇴근이었다. 그날 나는 무슨 심보였는지 아내를 향해 빈정거리며 소리쳤다.

"왜 이렇게 늦는 거야?"

그것이 결국은 이혼까지 가는 우리 부부 싸움의 시작이었다. 그때 아내가 무슨 말로 응대했는지 전혀 생각나지 않는다. 그리고 왜 내가 고래고래 고함치며 술병을 내던지고 난장판을 벌였는지, 그리고 제풀에 지쳐 쓰러지며 잠들고 말았는지, 아무것도 기억할 수 없었다. 그 후 우리 부부는 가끔 다투었고, 더 가끔 거칠게 다투기 시작했다. 각자 다른 방을 쓰면서 말없이 으르렁거리며 서로 시선도 마주치기를 피했다. 아이들 남매가 모두 미국 LA의 처형 집에서 지내며 유학하고 있어서 다행이라면 다행이었다.

그러나 아내와의 전쟁은 얼마 가지 않았다. 아내는 홀연히 집을 나갔고, 이어 합의이혼을 요구했다. 나는 반대하고 거부할 아무런 명분이 없었다. 이혼은 한 달의 숙의 기간을 거쳐 속전속결로 처리되었다. 아내와 같이 구청 민원 창구에 들려 법원의 확인서 등을 첨부한 이혼 신고서를 제출하는 것으로 우리의 부부관계는 끝났다. 아내와 나는 수속을 마친 후 나란히 나선 복도에서 아무 말 없이 서로 어깨를 돌리고 헤어졌다. 아내, 아니 그때는 이미 나와 이혼해 남이 된 그 여자도 나도 서로 한마디의 말도 건네지 않았다.

나는 그 길로 서울역으로 걸어가 무작정 부산행 열차에 몸을 실었다. 열차의 종착지가 지구의 끝이었으면 좋겠다고 생각했다. 영원히 정지하지 않고 달려주었으면 했다. 주머니에는 얼마의 돈과 언제든 나를 영원한 잠 속으로 이끌어줄 약물을 숨기고 있었다. 나는 어느 날 아내와 낯선 남자가 팔짱을 끼고 산책하는 모습을 발견한 순간부터 눈앞에 환상처럼 열리는 죽음의 문을 보았었다. 이제 더 살아서 내가 지키려 애쓸 몫은 어디에도 없었다. 여기저기 기웃거리는 구차한 삶이라면 포기하는 것이 오히려 사람답다고 생각되었다.

부산역에 내려서는 어디로 해서 어디를 헤매며 다녔는지 전혀 생각나지 않았다. 다리가 휘청거릴 정도로 지친 후에야 찾아든 곳이 어느 후미진 골목의 선술집이었다. 꼭지까지 취해서 비틀거리다가 여관 간판을 보고 들어가 주인이 안내한 방에 그대로 쓰러진 기억만 희미하게 남아 있었다. 이튿날 늦은 아침 겨우 잠에서 깨어나, 그곳이 동광동 부산호텔 뒤편에 있는 여관임을 주인에게 확인했다.

여관을 나섰으나 갈 곳이 없었다. 공원으로 오르는 계단이 골목길 끝과 맞물려 있었다. 아무 생각 없이 계단을 따라 공원으로 올랐다. 그리고 대중없이 걸음을 옮기다가 이렇게 십여 년이 지난 세월 저쪽의 미자를 만나게 되었다. 참으로 묘한 인연이며 우연이 이어지는 만남이 아닐 수 없었다.

"그런데 부산에는 어쩐 일로 오셨어요?"

찻잔만 넋 빠진 사람처럼 지켜보는 나를 향해 미자가 조심스럽게 물었다.

나는 당황스러웠다. 어제의 숙취에 머릿속은 날카로운 금속 조각이 떠도는 듯 격렬한 통증이 단속적으로 이어지고 있었다. 나는 말더듬이가 되어 입술을 씰룩거리며 무슨 말을 꺼내야 할지 종잡을 수가 없었다.

"미자야, 사실은 그게 그러니까? 사실은…"

미자가 문득 내 말을 가로채며 옷매무새를 새삼 바로잡았다.

"아니어요. 사장님 얘기를 듣기 전에 제 얘기부터 먼저 할게요."

나를 놓치지 않을 듯 지켜보는 미자의 그 큰 눈에서 갑자기 굵은 눈물이 주르르 흘러내렸다. 외삼촌의 손에 이끌려 내 공장을 떠나며 보였던 그 눈물이었다. 아마도 미자는 나를 발견한 순간 내가 차마 말하지 못하는 가슴속 깊은 상처와 절망을 직감적으로 읽어낸 모양이었다.

미자는 얼른 손수건으로 눈물을 훔치며 말을 이었다.

"제가 사장님 곁을 떠나 부산에 내려와서 그동안 어떻게 살아왔는지 궁금하실 거 아녀요."

그러면서 미자는 조근조근 그간의 내력을 먼저 풀어놓기 시작했다.

부산으로 내려온 미자는 자갈치 해변에 있는 외삼촌의 횟집에서 잔심부름부터 시작했다. 둘째인 남동생은 인근에서 건어물 장사를 하는 이모 집에, 막내인 여동생은 또 다른 이모 집에 맡겨졌다. 미자는 횟집 주방에서 생선 비늘을 처음 만졌던 그때, 갑자기 오기가 생기더라고 했다.

"여기서 내가 일어나야 한다. 흩어진 동생들을 어떻게 해서든 내 힘으로 한곳에 모아 함께 살도록 해야 한다. 그리고 사장님께서 제게 마지막으로 하신 말씀이 생각나더라고요. 부산에 내려가서도 지금까지 한 것만큼만 용기 잃지 말고 무엇이든 열심히 씩씩하게만 해라. 넌 반드시 성공할 것이라던 그 말씀…."

미자는 오직 두 동생을 한곳에 모아 살아야 한다는 일념으로 억척스럽게 살아왔다. 횟집의 잔심부름꾼에서 주방보조로, 주방보조에서 다른 횟집의 주방장 등으로 변신하며 전세방을 마련했다. 마침내 두 동생을 불러 모아 모두 대학을 마칠 수 있도록 혼신으로 뒷바라지했다. 10년 만에 자신의 이름으로 등기한 아파트도 갖게 되었다.

"2년 전엔 부산역 부근의 작은 식당 하나를 인수했어요. 삼계탕 전문 식당으로 만들어 지금까지 장사 잘하고 있는 편이에요."

제분회사에 취업한 남동생이 3년 전 먼저 결혼했다. 여행사에 다니던 막내 여동생도 작년에 사내 동료와 결혼했다. 지금 같은 아파트에서 살고 있는 남동생이 직장 상사라며 한 남자를 종종 식당으로 데리고 왔다. 자기 회사 내에서도 매우 건실한 사람으로 손꼽히는 인물이었다. 지병으로 고생하다 돌아가신 홀어머니와 동생들 때문에 혼기를 놓쳐 마흔이 다 된 노총각이었다.

"며칠 전 남동생이 그 남자, 수창이란 사람이 정식 교제를 청해 왔다고 했어요. 나도 그렇게 싫지는 않은 사람이라 오늘 처음 둘이 데이트하기로 했었어요."

그런데 하필이면 수창의 백부님이 새벽에 돌아가셨다는 부고를 받았다. 그들은 첫 만남을 짧게 끝내야 했다. 수창을 백부의 상가로 먼저 보낸 미자는 오랜만에 나온 외출이라 혼자 용두산 공원이라도 둘러보고 싶었다. 나를 만날 일진이었던 모양이었다.

나는 그길로 미자의 식당으로 끌려가다시피 했다.

"점심이라도 손수 해드리지 못하면 평생 후회하게 될 거예요."

거듭 손사래를 쳤으나 미자의 그런 간곡한 청을 끝내 뿌리칠 수 없었다. 나도 다음 갈 곳이 딱히 정해져 있었던 것도 아니었다.

미자의 식당은 부두가 인접한 사무 빌딩들이 밀집한 이면 도로변에 있었다. 크지 않는 규모였지만 여남은 개의 식탁과 넓은 주방이 딸린 아담한 식당이었다. '미자네 삼계탕'이란 간판 아래 출입문에는 붉은 글씨로 쓴 '금일 휴업'이란 팻말이 걸려있었다. 그날이 정기 휴업일이었다.

"잠시만 자리에 앉아 쉬고 있으세요."

잠가두었던 출입문을 연 미자는 입은 옷 그대로 바로 주방으로 들어갔다.

나는 비어있는 식탁들 가운데 한 의자에 주저앉았다. 주방에서 부지런하게 달그락거리는 소리가 들려왔다. 나는 조리를 서두르는 주방 안의 미자를 멍하니 지켜보았다. 열일곱 푸른 나이에 두 동생을 등에 업고 힘겹게 달려왔을 그간의 곡절이 어떠했을까 잠시 상상했다.

갑자기 미자가 거인처럼 보였다. 발길을 가로막는 온갖 험난한 가시밭을 헤치며 오늘의 작은 입지를 다졌을 미자가 그 어떤 영웅보다도 커 보였다. 나는 가슴을 서늘하게 치는 어떤 자의식에 잠시 몸을 떨었다. 그리고 보았다. 가혹하고 비정한 경쟁의 대열에서 쫓겨나 너덜너덜 누더기가 된 몰골의 한 사내가 거기 초라하게 팽개쳐져 죽음을 꿈꾸고 있었다. 나였다. 부끄러웠다. 마침 몸을 돌리는 미자의 등이 커다란 바위처럼 다가왔다.

나는 미자 모르게 가만히 식당을 빠져나왔다. 나는 주머니 속에 깊이 감춰두었던 약물 봉투를 길거리 쓰레기통 속에 던져버렸다. 이틀을 더 부산의 이곳저곳을 혼자 헤매고 다녔다. 부산을 떠나자고 작정한 다음, 나는 미자의 식당을 다시 찾아갔다. 식당에서 몰래 도망치듯 나온 일이 아무래도 마음에 걸렸었다. 미자의 순정한 호의에 흙탕물을 끼얹은 느낌이라 그냥 지나치기가 힘들었다.

점심시간을 조금 넘긴 때였다. 식당 안은 식탁마다 손님이 남긴 빈 그릇들로 잔뜩 어질러져 있었다. 미자는 식탁 사이를 오가며 그릇을 치우고 식탁을 훔치느라 분주하게 움직이고 있었다. 예전 공장에서 보던 그 모습 그대로였다. 내가 식당 문을 열고 안으로 들어서자 미자는 손에 든 빈 그릇을 던지듯 하며 앞으로 달려왔다.

"그렇게 나가버리시면 어떻게 해요. 얼마나 섭섭했는지 몰라요. 다시는 못 뵐 거라는 생각이 들어서 내내 가슴이 아팠어요."

"미안해… 그리고 고마웠어. 부산을 떠나기 전에 이 말을 꼭

전하고 싶었어."

"식탁 치울 때까지만 잠시 의자에 앉아 기다리세요. 오늘은 절대로 그냥 도망치지 못하게 감시할 테니까 그렇게 아세요."

미자는 이내 밝게 웃으며 나머지 식탁을 치우기 시작했다. 그릇을 한데 모으고 식탁을 행주로 훔치면서도 미자는 나에게 눈을 떼지 않고 말을 이어갔다.

"식당 안이 엉망이죠. 점심시간에 한꺼번에 손님이 몰려왔다가 나가는 바람에 미처 손을 쓰지 못해서 그래요. 주방보조 아주머니가 집안 사정으로 갑작스럽게 그만두는 바람에 손이 모자라서 더해요. 저 혼자 주방 챙기랴, 설거지하랴 바빴거든요. 요즈음은 식당에서 일할 젊은 아주머니 구하기가 하늘의 별 따기여요."

테이블 정리를 끝낸 미자는 이마에 땀방울이 맺힌 얼굴로 나의 맞은편에 앉았다. 그리고 대뜸 물어왔다.

"참, 사모님은 잘 계셔요? 아이들은요. 진작 안부를 물어야 하는데 그날은 제 고생담 늘어놓느라 깜박했어요."

"나 얼마 전에 이혼했어. 아이들은 모두 미국에서 공부하고 있고."

나는 가능하면 남의 얘기처럼 애써 무심한 표정으로 단숨에 말해버렸다. 나는 그때 가슴을 바위처럼 무겁게 누르고 있는 사념의 뭉치들을 누구에겐가 모두 털어내 보이고 그냥 가벼워지고 싶은 기분이었다.

나의 대답에 미자는 깜짝 놀라고 당황해 어쩔 바를 몰라 했다.

"어머, 어머 어떡해요. 그런 일이 있었다니, 죄송해요."

"죄송하기는, 사람 살아가는 게 다 그렇게 변화무쌍한 거라고. 공연히 마음 아파하지 말아. 내가 되레 미안해지잖아…"

"부산에서 누굴 만나 새 사업을 구상하신다던 일은 잘 해결되었어요?"

"내가 지난번 자리에서 그렇게 말했었나…"

아마도 미자의 물음에 얼른 적당한 대답이 떠오르지 않아 얼결에 그렇게 빙자를 댄 모양이었다. 나는 쓴웃음을 지으며 고개를 젓고 정직하게 말했다.

"그거 거짓말이야. 사실은 나 제대로 되는 일이 없어서 그냥 여기저기 떠돌아다닐 생각으로 부산까지 내려온 거야. 이제 2~3일 지냈으니 다른 곳으로 떠나볼까 해."

그러나 그날 미자가 주방에서 일하는 모습을 지켜보며 받았던 충격과 부끄러움에 대해서는 말할 수 없었다. 아마도 내가 마지막까지 지키고 싶었던 일말의 자존심 때문이었을 것이다. 그래도 예전에는 한때나마 내가 너를 고용한 사장이었다는, 꾸겨져 버린 휴지 같은 자존심이었다.

나는 안타까운 표정으로 말을 잃고 나를 지켜보는 미자의 손목을 꼬옥 잡았다.

"이제 바로 부산을 떠날 거야. 당분간 아무도 나를 몰라보는 곳을 두루 다니며 내가 과연 무엇을 새로 시작할 수 있을지 찾아보려고 해…"

내가 말을 끝내자마자 미자는 내 소매를 두 손으로 꽉 부여잡았다. 나를 지켜보는 예의 그 커다란 미자의 두 눈에서 금세 굵은 눈물방울이 맺혀 흘러내렸다. 미자는 울먹이며 애원하듯 말하기 시작했다.

"사장님 그러시지 말고 제 곁에 당분간 계셔 주시면 안 될까요? 그렇게라도 옛날 사장님께 진 빚을 조금이라도 갚고 싶어요. 돌아가신 아버지처럼 생각하고 편하게 모시도록 노력할게요. 앞으로 하실 일이야 여기서 며칠 더 머무시면서 천천히 생각하셔도 되잖아요. 무료하시면 제 가게의 카운터도 좀 봐주시면서요."

미자의 울음 섞인 음성은 가슴을 저미도록 간절했다. 나를 바라보는 미자의 눈빛은 거절하기에는 너무 애타고 절실했다. 이대로는 절대로 놓치지 않겠다는 단호함이 미자의 몸 전체에서 뿜어져 나와 나를 꼼짝 못하게 포박하는 느낌이었다. 그래, 이렇게 간청하는 데 하루만 곁에서 묵고 가리라, 하루만… 그런 생각으로 나는 미자의 청을 받아들이고 말았다.

그리고 그 하루가 이틀이 되고, 이틀이 또 사흘이 되었다.

내가 '미자네 삼계탕'에 머무르기 시작한 지 어느새 2년여의 세월이 흘렀다.

나는 '미자네 삼계탕'의 계산대를 맡아 손님을 안내하는 종업원의 한 사람으로 지내고 있었다. 주방장과 보조 아주머니 등 다른 종업원은 물론 미자의 남매들과도 한 식구처럼 낯이 익고 정이 들었다. 그들도 나를 아무 거리낌 없이 가족처럼 받아주었다. 어떤 때는 내가 마치 옛날부터 그들과 한 식구였던 것 같은 착각이 들 때도 있었다.

'미자네 삼계탕'은 저녁 여덟 시 이후에는 손님을 받지 않았다. 식당의 입지가 부근 직장인들 위주로 점심시간을 겨냥한 영업이었다. 퇴근 시간 이후에도 간혹 이른 저녁을 먹기 위해 찾아오는 손님이 있긴 했으나 저녁 여덟 시가 되면 어김없이 식당 셔터를 내렸다. 실내를 정리하고 다음 날 영업의 준비를 끝내면 주방 아주머니들과 미자는 퇴근했다.

문을 닫은 식당에는 나 혼자 남았다. 나는 주방 뒤편에 딸린 서너 평 크기의 쪽방에서 지냈다. 전에는 혼자 사는 주방 아주머니가 그 방에 기거하며 식당을 지켰다고 했다. 옷장과 이불장을 겸한 목제 장롱만 있었던 방에 내가 기거하면서, 미자는 앉은뱅이 책상과 책꽂이, 그리고 스탠드 전등을 새로 들여주었다. 사방이 막혀 처음엔 답답한 느낌이 들기도 했으나 이내 익숙해져 혼자인 내 몸에 딱 맞는 공간으로 변했다.

미자는 가족들 생일이나 명절을 빌미로 나를 종종 자기 집으로 초대했다. 식당과 그다지 멀지 않은 거리에 있는 미자의 아파트에는 결혼한 남동생 부부와 연년생인 어린 조카 둘이 함께 살고 있었다.

미자의 막내 여동생도 인근에 살고 있었다. 맞벌이 부부로 고만고만한 살림살이를 꾸려가고 있는 미자의 남매들은, 곁에서 지켜보는 사람의 가슴이 저릿저릿해질 만큼 각별하고 따뜻했다. 그들은 부모의 제삿날을 비롯한 형제간이나 조카들의 생일 등을 온 가족이 한자리에 모이는 작은 축제로 삼았다. 그들은 주말이나 계절에 따라 소박한 나들이나 여행을 떠나기도 하며 각별한 형제간의 우애를 나누며 지내고 있었다.

미자의 남매들은 자기들에게 주어진 몫만큼 아낌없이 즐기고 감사하는 생활이 몸에 배어 있었다. 그들의 모습은 내가 지금까지 살아온 삶과는 너무나 다르고 새로운 세계였다. 나는 그동안 어디가 끝인지도 모르는 높은 곳만을 향하여 마구 달리고 뛰기만 했다. 곁을 돌아볼 줄 모르는 삶이었다. 쉼표라고는 없는 삶이었다. 그러다가 낭떠러지에 발을 헛디딘 사람처럼 한순간에 추락해버린 꼴이었다.

어쨌거나 나의 '미자네 삼계탕' 종업원 생활은 그럭저럭 평온하게 이어져 갔다. 나도 점점 그 생활에 익숙해지고 길들여져 거기서 평생을 지내도 될 것 같은 태평한 마음이 되었다. 아마도 나락의 끝에서 모든 것을 포기하고 체념한 사람의 자포자기 심정이었을 것이다. 아니, 나는 비로소 보통 사람들이 누리는 일상의 행복을 새롭게 발견하고 맘껏 누리고 있었을 것이다.

그러던 어느 날이었다.

식당 문을 닫을 시간에 미자 남동생으로부터 밖에서 잠시 뵙자는 전화를 받았다. 뜬금없는 일이라 약간은 의아했지만 크게 의문은 가지지 않았다. 나는 미자가 퇴근한 후 인근 커피숍에서 기다리고 있는 남동생을 만났다. 남동생은 평소에 나를 '삼촌'이라고 불러왔다.

"삼촌, 단도직입적으로 말씀드리겠습니다."

커피를 시켜놓고 다소 굳은 표정으로 남동생이 꺼낸 말은 충격적이었다.

미자가 그때까지 가끔 만나고 있었던 남동생의 직장 상사인 수창에게 앞으로 그만 만나겠다고 통보했다는 것이었다. 수창은 내가 미자와 용두산공원에서 처음으로 만나게 된 날, 첫 데이트를 한 사람이었다. 이따금 식당에도 들려서 나와도 얼굴이 익숙해진 사이었다. 여러모로 매우 믿음직해 보이는 사람으로 미자와는 잘 어울리는 짝이라고 생각하며 두 사람이 하루빨리 부부로 맺어졌으면 했었다.

남동생은 부연했다.

"과장님은 누나보다 더 좋은 짝을 만나야 한다고 말하며 앞으로 만나지 말자고 했답니다. 그런데 과장님은 아무래도 그게 삼촌 때문일 것이라고 합니다. 누나가 결혼하게 되면 삼촌이 식당에 계속 있기가 거북해질 것이라는 겁니다. 제가 옆에서 지켜봐도 삼촌이 식당에 머물기 시작한 다음부터 누나와 과장님 사이가 조금씩 멀어지고 있다는 느낌이 들었거든요."

미자의 남동생과 헤어져 식당으로 돌아오는 내내 나는 뜨거운 물을 뒤집어쓴 것처럼 얼굴이 화끈거렸다. 머리를 그대로 벽에 쥐어박고 싶을 정도로 스스로에게 부아가 치밀었다. 두 손목에

수갑을 찬 모습으로 방청객들이 지켜보는 법정으로 처음 들어섰을 때보다 더 수치스럽고 창피했다.

그동안 나는 미자가 만들어준 안일함에 너무 넋 놓고 취해 지냈다는 사실이 뼈아프게 자각되었다. 전에는 맛보지 못한 소소한 일상의 재미와 기쁨에 젖어서 방만하고 생각 없는 시간을 보내는 사이 멍청이가 되어버렸다. 어쩌면 사태가 여기에 이르도록 주변의 변화나 시선을 전혀 눈치채지 못했음이 부끄럽기 짝이 없었다. 그날그날 무사한 해이의 시간에 잠겨 지내느라 가깝게 지낸 사람들에게 터무니없는 오해를 사고 상처를 입히고 있었던 셈이었다. 나는 뜨거운 불로 데인 것처럼 정신이 번쩍 들었다.

나는 조금도 주저할 이유가 없었다.

다음 날 저녁, 식당 문을 내리고 주방 아주머니도 퇴근한 시간이었다. 나는 미리 미자에게 따로 남도록 얘기해 두었다. 미자 곁에서 떠날 결심을 솔직하게 말할 셈이었다. 아무 통보 없이 도망치듯 떠나버릴 수도 있었으나 비겁한 태도라고 생각되었다. 그동안 나를 곁에 머무르게 해준 고마움을 배신하는 행위에 다름 아니었기 때문이다. 부산을 떠나야 할 일이 생겼다고, 소식이 닿은 지난날 같은 업계에서 일했던 지인이 함께 일해보자는 연락이 왔다는 거짓말도 준비해 두었다.

그러나 식탁에 마주 앉아 내가 말을 꺼내려는 순간이었다. 미자가 가로막듯 먼저 말문을 열었다.

"잠깐만요, 사장님께서 지금 무슨 말씀을 하실지 저 알아요. 여길 떠나겠다고 하실 거죠. 어제저녁 동생이 사장님 만나서 무슨 얘기를 했는지 제게 다 말해 주었어요. 부모님이 돌아가신 후 처음으로 동생을 많이 나무랐어요. 저는 가슴앓이 하느라 지난밤을 뜬눈으로 새웠고요."

나는 당황해 입을 다물고 있을 수밖에 없었다. 미자는 잠시 말을 쉬었다가 다시 단호한 음성으로 빠르게 말을 이었다. 마치 말을 끊으면 다시는 말문을 열지 못할 것 같은 결연하고 비장한 표정이었다. 미자의 마지막 말에 나는 잠시 공황 상태에 빠지고 말았다.

"사장님, 저 사장님을 평생 모실 수 있도록 허락해 주세요! 오래전부터 혼자 마음에 간직하며 준비해 온 고백이에요."

짧은 탄식과 함께 회한의 칼끝이 내 가슴을 저며 왔다. 아아, 내가 너무 방심하고 미자의 곁에 오래 머물러 있었구나! 미자가 정말 고마운 사람이라는 것을 그동안 나는 잠시도 잊은 적이 없었다. 하지만 미자는 내가 언제까지고 곁에 있는 짐이 되어서는 안 될 아이였다. 미자는 반드시 행복해야 할 아이였다. 미자는 지금 눈앞의 나를 두고 지난날의 과거와 연결해 잘못된 환상을 만들고 있음이 분명했다.

다음 날 새벽, 나는 미리 꾸려놓은 가방을 들고 부산역으로 나갔다.

메모 한 장 남겨 놓지 않았다. 그것만이 내 진심을 전하는 마지막 방법일 것 같았다. 마침 15분 후에 출발하는 동해남부선 야간열차가 있었다. 열차시간표를 일별한 나는 삼척행 차표를 샀다. 왜 하필 삼척을 택했는지는 지금도 스스로 의문이었다. 아마도 3이라는 숫자에 어떤 기대를 걸었던 것은 아닐까 모르겠다. 개찰이 시작되고 있었다.

나는 자꾸만 뒤돌아보고 싶은 고개를 힘주어 바로 세우고 열차 승강장을 향해 쫓기듯 걸었다. 뒤돌아보면 그 자리에서 돌로 변할까 봐 겁을 먹은 사람 같았다. 멈추면 고개를 돌리고 말 것 같은 두려움이 더욱 걸음을 빨리 내딛도록 만들었다. 아쉽기도 하고 후련하기도 했다. 오래된 무겁게 조이던 외투를 벗어 던진 기분이기도 했다.

열차에 올라 자리를 잡고 앉았다. 새벽 시간의 옅은 먹물이 풀린 열차 승강장은 쓸쓸하고 스산했다. 이윽고 열차가 움직이기 시작했다. 문득 차창 밖으로 시선이 돌려졌다. 그때였다. 저쪽

승강장 입구의 계단으로 급하게 달려오는 두 사람이 보였다. 미자와 남동생이었다. 열차는 이미 점점 가속을 내며 달리고 있었다.

그로부터 10년의 세월이 또 흐른 후, 나와 미자는 경주 보문단지에서 마주치게 되었다. 가을이 한창 무르녹아 사방이 온통 오색으로 물들고 있을 무렵이었다. 나는 여섯 살배기 딸 보미의 손을 아내와 좌우에서 나누어 잡고 호수를 따라 걷고 있었다.

나는 두 해 전 가을에 아내와 재혼했다. 아내는 삼척 해변에서 배꾼을 상대로 하는 식당의 주인이었다. 바람기 많은 남편과 이혼하고 네 명의 아이 가운데 막내딸만 데리고 사는 이혼녀였다. 사촌 언니의 권유로 대전에서 삼척으로 피신하듯 와 살았다. 마침 서울로 이사한 사람의 식당을 인수해 그런대로 잘 꾸려가고 있었다.

나는 아내의 식당 단골손님 가운데 한 사람이었다. 부산서 미자를 두고 도망치듯 도착한 삼척에서 나는 배꾼이 되었다. 주로 연근해로 출어하는 어선을 타고 그물을 후리는 중노동자였다. 뱃머리 부근에서 홀아비로 살아가고 있는 내 모습을 유심히 지켜보아 온 선주가 다리를 놓았다. 하긴 아내의 식당을 자주 드나들면서 서로의 속내를 어렴풋이 헤아리고 있긴 했었다.

나는 내가 부릴 수 있는 노동을 팔고 그에 합당한 일당을 받으며 이어가는 단순한 생활에 만족하고 익숙해져 있었다. 그러다가 중년을 넘기면서 남은 삶을 함께 걸어갈 동반자를 어렴풋이 그리고 있었던 모양이었다. 주변의 부추김에 못 이기는 척 나는 아내와 마을회관에서 약식 혼례를 치렀다. 부부가 된 우리는 연중무휴인 식당 일에 발목이 잡혀, 그동안 마음 놓고 외출 한번 제대로 하지 못한 형편이었다.

그러니까 일 년 만에 나선 결혼 기념 여행이었고 가족여행이었다. 나는 물론 아내도 보미도 모처럼의 나들이에 약간은 들뜬 기분에 취해있었다. 특히 새 아빠인 나에게 거리낌 없이 안겨오는 보미와 더욱 친밀해질 수 있어서 좋았다. 나로서는 참으로 오랜 세월 만에 되찾고 맛보는 사람다운 삶의 기쁨이고 즐거움이었다.

"혹시 김 사장님 아니세요?"

나는 우리 앞으로 다가서면서 조심스럽게 말을 건네 오는 여인이 미자일 것이라곤 상상도 못 해본 일이었다. 어쩐지 음성이 귀에 익다 싶어 고개를 드는 순간, 나는 너무 놀라 그 자리에 굳어서고 말았다. 미자였다! 미자가 틀림없었다.

스쳐 간 세월의 물살이 중년 여인으로 바꿔 놓았지만, 미자의 얼굴은 옛날 모습 그대로였다. 부산역에서 출발하는 열차의 차창 밖으로 마지막 보았던 그 얼굴이었다. 미자도 보미와 거의 나이가 비슷해 보이는 딸아이의 손을 남편과 좌우에서 나누어 쥐고 있었다. 서로가 가는 방향이 반대일 뿐 용케도 부부의 행색이 흡사했다. 나는 겨우 입을 열었다.

"오오, 미자구나! 이게 얼마 만이지…."

"십 년 만이어요 사장님… 참, 이 사람 기억하시지요, 수창 씨…. 결혼한 지 칠 년 됐고요, 이 애가 우리 딸이에요."

미자 역시 놀라고 약간은 격앙된 목소리로 남편과 딸을 소개했다. 미자의 남편 수창 씨도 이내 알아볼 수 있었다. 동료와 함께 식당으로 찾아와 미자의 모습을 말없이 지켜보며 꾸역꾸역 삼계탕을 먹던 그의 모습이 문득 떠올랐다. 역시 두 사람은 잘 어울리는 한 쌍이었다. 나는 손을 내밀어 수창 씨와 악수했다.

나도 내 가족을 소개했다. 부산을 떠나 삼척에서 배꾼이 되었다가 아내를 만나 작년에 결혼했으며, 지금은 식당 주방장이 된 그간의 사정도 간략하게 말해 주었다.

우리의 대화는 그러나 거기까지였다.

아마도 마주한 서로의 가족들에 대한 예의 때문이었을 것이다.

이내 우리는 서로 잘 가라는 지극히 상투적인 인사를 나누고 각자가 가던 길로 헤어져야 했다. 서로의 연락처도 확인하지 않았다. 그 또한 지난 10년 사이에 확연히 달라진 각자의 모습에 대한 예의였을 것이다.

물론 지난 세월의 풍상 속에서 미자나 내가 가슴 깊이 묻어 삭혔던 많은 말들이 쌓여 있었을 터였다. 그러나 못내 아쉽고 미진했을지라도 누르며 거듭 묻어두고 삭여야 함이 옳았다. 그 또한 그동안 우리가 보낸 세월에 대한 예의이기도 했다. 나는 등 뒤로 멀어져갈 미자를 생각하며 오래 묵혀두었던 회억의 손짓에 잠시 고개를 흔들었다. 눈치를 챈 아내가 나의 어깨를 가볍게 치면서 말했다.

"여보, 우리 저기 벤치에서 잠시 쉬었다가 가요."

보문단지에서 미자와 만나 헤어진 지도 벌써 5~6년이 흘렀다. 그동안 보미는 튼튼하고 이쁘게 자라서 벌써 중학생이 되었다. 보미는 이제 제 엄마보다 오히려 나를 더 따르는 편이다. 이웃에서는 모두 나를 보미의 친아버지로 알 정도다. 나도 가끔 보미를 친딸로 착각할 때가 없지 않았다. 식당은 그사이 새로운 감각의 실내 디자인으로 리모델링해 인근에서는 꽤 소문난 음식점으로 평판이 나고 있었다.

이혼 후 소식이 끊겼던 나의 두 아들딸도 유학을 마치고 귀국하자 어떻게 수소문했던지 연락이 닿았다. 둘은 잊을 만하면 가끔 찾아와 식당 밥을 먹고 보미와 놀다 가기도 한다. 둘은 모두 결혼해서 돌 지난 손자도 딸려 있다. 세월이 더 흘러가다 보면 보미의 친남매들도 제 어미와 동생을 찾아올 날이 있을 터이다.

이혼한 전 아내는 한 번도 만날 기회가 없었다. 이제는 그 얼굴의 윤곽조차 떠올리기가 어렵다. 전 아내도 마찬가지일 터이다. 반백의 노년을 맞이하고 있는 지금의 나를 길거리에서 정면으로 마주친들 알아보지 못할 것이 분명하다.

하지만 그때 보문단지에서 잠시 만났다가 헤어진 미자의 모습은 어쩌다가도 생생하게 떠올리곤 한다. 아마 그때 보았던 미자의 딸도 보미만큼이나 자랐을 것이다. 아니, 남동생이 하나 더 생겼을지도 모르겠다. 나는 그때마다 아련한 그리움으로, 허락된다면, 언젠가 어느 길목에서라도 우연히 미자를 또 마주칠 수 있기를 은근하게 기대하곤 한다. 그리고 또 그때마다 동장의 어깨 너머로 왕방울처럼 크고 슬퍼 보였던 미자의 눈빛을 떠올리곤 했다.

어쩌면 그 기대는 헛된 꿈일 수도 있고 미구에 이뤄질 희망일 수도 있었다. 누가 아는가. 혹여 미자 가족들이 삼척으로 여행 왔다가 우리 식당 문을 열고 들어서는 일이 생길 수도 있지 않을까. 사람이 만나고 헤어지는 일은 아무도 예측할 수 없는 일이다. 아니, 만나고 헤어지고, 만나고 헤어지며 날줄 씨줄로 엮이는 인연의 그물은, 바로 우리네 삶의 전모를 드러내는 밑그림이 아니겠는가. 삶-사람-살이….

만약 내가 다시 미자를 만나게 된다면, 그러면 그때는 반드시 물어보리라. 그날, 내가 '미자네 삼계탕'에서 도망쳤던 새벽, 두 남매가 어떻게 알고 부산역으로 뒤쫓아 왔었는지 꼭 알고 싶었다. 내가 도망쳤으리라는 어떤 직감이 있었던 것일까. 무엇이 그들의 깊은 새벽잠을 깨우게 하고 부산역으로 달려오게 했는지 꼭 알고 싶었다. 만약에, 만약에 그때 내가 부산역으로 나가기 전에 그들이 와서 붙들었다면 어떻게 되었을까? 하지만 언제나 나의 막연한 의문과 추측은 거기서 끝났다.

수탉이여 영원하라

1판 1쇄 · 2025년 2월 20일

지은이 · 신태범
펴낸이 · 서정원
펴낸곳 · 도서출판 전망
주 소 · 부산광역시 중구 해관로 55(중앙동 3가) 우편번호 · 48931
전 화 · 051-466-2006
팩 스 · 051-441-4445
출판 등록 제1992-000005호
ⓒ 신태범 KOREA
값 15,000원

ISBN 978-89-7973-646-5
jmw441@hanmail.net

*저자와의 협의에 의해 인지를 생략합니다.
*이 책 내용의 전부 또는 일부를 재사용하려면 저작권자와 도서출판 전망 양측의 동의를 받아야 합니다.